講談社文庫

隣人X

パリュスあや子

講談社

目次

プロローグ：とある施設のとある実験　7

土留《つちどめ》紗《さ》央《お》の落とし物　10

柏木《かしわぎ》良子《ようこ》の日常　54

グエン・チー・リエンの恋　95

惑星難民Xの祈り　139

それぞれの夏休み　217

エピローグ：とある星のとある歴史　236

熊澤尚人監督インタビュー　241

隣人X

〈プロローグ：とある施設のとある実験〉

オペ室を思わせるその部屋では、爪先から顎《あご》までを覆うたっぷりとした真っ白な無菌服に目出し帽のようなマスクを装着し、その上から顔の半分はあろうかというゴーグルをかけた者たちが作業をしていた。誰が誰かを判別することは難しい。

アルミニウム製のシャーレを思わせる容器が部屋の中央に運ばれる。電極のような突起が二本飛び出しており、コードがつながれた。シャーレには何も入っていないように見える。

その部屋には特殊ガラスの大きな窓があり、隣の情報室から観察することができる。だがその部屋から情報室を覗くことはできない造りだった。情報室では白衣とゴム手袋を着けた者たちが、壁一面にぐるりと並んだ巨大な精密機器を調整していた。

部屋で作業していた者たちも皆、ロック形式の異なる重厚な扉をふたつ押し開け、情報室に移動した。ガラス窓に正対して座った者が、タッチパネル式の画面に流れるように触れて次へ次へと最終確認を進めていく。だが最後に「Start」の赤いボタンが現れると、わずかに躊躇《ちゅうちょ》したようだった。それを押す。

コードを通じ、情報室からシャーレに転送されるのは人間にまつわる膨大なデータだった。画面に1%、2%……と進捗が現れる。

ステンレスの巨大な台に乗せられたシャーレは沈黙をやぶり、カタカタと細かく振動を始めた。やがて白い靄《もや》のようなものがシャーレから溢れだし、重量を感じさせる濃度をもって大きな塊となった。その塊は蠢《うごめ》きながら、伸び縮みを繰り返してヒト形を形成していく。そしてその内部に赤黒い光のようなものが浮かび上がった。

その光が心臓として確固とした鼓動を打ち始めると、そこからの展開は目まぐるしかった。心臓を起点に血管が走り、骨が伸びた。臓器が実り、筋肉が支えた。脳がすっかりできあがる頃には、手足の末端は既に皮膚で覆われ始めていた。白人のそれであった。

シャーレは空になって床に転がり落ちていたが、今や人間として横たわっている物体とは、糸を引いたような靄で繋がっていた。

その物体は欠陥がないかを試すように、仰向けになったまま身体を揺らしたり、指を伸ばしたり曲げたりしていたが、やがて上体を起こすとゆっくり首をまわした。一点を見つめ開かれた目からは、なんの感情も読み取ることはできない。

情報室にいる無菌服の者たちの表情は窺い知れないが、皆、目の前の信じがたい現象を身動きひとつせず、全神経を使い見守っていた。進捗はまだ9％を示していた。

情報、記憶、知識そして感情といった、目に見えない要素こそが人間というものの多くを占めているのだった。

十時間ほど経過しただろうか。ようやくデータの転送が終わりに近づいたころ、そのヒト形をした物体がふと、笑った。

〈土留紗央《つちどめさお》の落とし物〉

——なくしたかもしれない。

その瞬間、土留紗央は貧血を起こしたときのように、目の前にすっと暗い幕が下りた。機械的な動きでIDをかざし、ゲートを通過していく社員達の列から外れ、紗央はもう一度、濃紺のロンシャンのトートバッグのなかをひっかきまわす。ひとつしかない内ポケットに、いつも収まっているはずの社員証。

——家に忘れただけかもしれない。

いつも通勤に使うバッグ、特に出し入れをしていないことは自分が一番よく知っているが、そう思うことで落ち着こうとする。

入館ゲートと受付から離れ、ロビーの椅子を占拠しているスーツ姿の男たちからも距離を取り、一縷《いちる》の望みをかけて母親に電話する。思わず祈るように宙を仰ぐと、この東京駅直結のビルの天井の高さとその空間の異質な広さに、更に心許ない気持ちになる。

「うん、もし見つかったら連絡して」

紛失。責任問題。絶対にそうあってほしくない。

チームリーダーでベテラン派遣でもある工藤に連絡して、下まで迎えにきてもらう。紗央の働くオフィスは三十八階。高層階に上がるためにはエレベーターを乗り継がねばならず、入館ゲートだけでなく、乗り換えの際もＩＤが必要になる。

今日のところは社員証を忘れたと話し、ゲスト用のパスを発行してもらうことで急場をしのぐこととなった。

「昨日かなり飲んでたけど、まぁさぁかぁ、なくしたんじゃないよね？」

工藤は紗央にパスを手渡しながら、からかい口調の笑いをふくんだ声で言った。紗央もできるだけ軽く返す。

「そう信じてますけど、帰ったらすぐ確認しますね」

昨夜も最悪だったが、それを今朝に引きずるとは最悪の最悪だ。

紗央は新卒派遣社員として、この大企業に勤めている。とりあえず半年契約。その後、また半年。そしてまた半年……かれこれ一年半近くこの巨大ビルに通っているわけだ。当初は感動していた高層階まで伸びるシースルーエレベーターも、今ではなんということもなく、ひとつ逃すと次が来るまで待たされる時間が長いことに舌打ちをしている。日常は慣れという砥石《といし》で容易にすり減っていくものだ。

両親から「中堅大学の文学部、しかも文芸学科なんて就職に不利だからやめておけ」と何度言われたかわからない。しかし紗央は、奨学金までもらって大学院にも進んでしまった。そしてその奨学金が内実、途方もない借金であると気付くのは修了後だった。

小説も詩も書いた。批評にも手を出した。紗央は古風なところがあり、本が売れない時代にあっても紙媒体を信奉していた。手紙を愛し、ワイン色の蠟《ろう》にイニシャルの印を押して封をした。重要な書類には万年筆でサインするという自分内ルールも課していた。

SNSはしていなかった。TwitterやInstagramを自己表現と呼び、フォロワー数に一喜一憂する輩《やから》は信用していなかった。

その代わり、とも言えないが、仲間と同人誌を作っては文学フリマに出店し、更なる仲間と新たな雑誌を作ったりした。楽しかった。お金もかかった。なかには筆一本でやっていこうという気概をもつ猛者《もさ》もいたが、紗央はその点では冷静だった。

高校時代から、いくつの文学新人賞に応募したか数え切れない。しかし一次選考に通ったものが二作、それ以上はなかった。

お気に入り登録をしているブログやサイトはいくつもあり、プロでなくても舌を巻くほど文章がうまい人、アイディアが奇抜でとびぬけている人はいくらでもいた。特定の分野で突き抜けたものを持っていたわけでもない、器用貧乏な紗央は、文章だけで食っていくのは難しそうだと早々に感じていた。

しかし、そうは言いながら、心のどこかで大逆転を狙っていなかったとはいえない。大学院は最後のモラトリアム、自分の夢と現実に折り合いをつけるための調整期間だったといえる。

稼がなくては生きていけない、という単純明快な結論に達すれば、稼げる企業に入るのみだった。就職活動を始めたのは周囲より遅かったが、暑苦しすぎず、それでいて誠実さが伝わるようにと準備する志望動機書は、毎回なかなかの出来栄えだと自画自賛した。優秀で、使い物になると思わせれば勝ちだ。

大手ばかり受ける紗央に、周囲は無謀だと苦言を呈したが、紗央自身も驚くほど、最終面接まではトントンと進むのだった。

「大学の名前だけじゃない。学部だけじゃない。やっぱり私自身を評価してくれる会社があるんだ」

それが自信過剰であったのか、単に「私自身」の力が足りないだけなのか、最終まで届くのに、肝心の内定は出ない。どうせ落とすなら一次で落としてくれればいいのに。時間の無駄だ。紗央は歯ぎしりした。一体なにが足りないというのか。

最後の持ち駒となった大手の空間デザイン会社の最終面接には、かなりの時間をかけて臨んだ。その会社が手がけたものだけでなく、競合の物件も見て歩き、業界研究にもぬかりはなかった。

学生五人に対して、面接官五人。横並びの学生たちが自己紹介し、次々と一流大学の名を挙げていく。しかし。しかし、紗央だって負けてはいない。どんな質問にも答えられる自信がある。

「ストレスはどうやって解消しますか」

ハキハキ、にこにこ、答えた。

「そうですか」

採点リストでもあるのか、役員という恰幅《かっぷく》の良い男性は、視線を落としたまま平坦に言った。つやつやしたおでこだった。

紗央への質問はそれだけで、計十五分程で最終面接は終わった。

いつも通り深々とお辞儀をして面接室を出たが、紗央は完全に頭に血が上っていた。突き上げるような怒りに鼻息が荒くなった。

「なんなん？」

廊下に出た瞬間、毒づいた。自分はこんな声が出せたのかと思うほど、憎々し気な声を発していた。社員のひとりが、そこで学生たちを待っていたことに全く気付いていなかった。

「お疲れさまでした、お帰りはこちらからです」

紗央はすぐさまいつもの就活スマイルを浮かべた。社員もあくまでにこやかに、淡々と本社ビルから学生たちを追い出す。

「ありがとうございました」

紗央は卑屈なほど丁寧に頭をさげた。瞬発的な癇癪《かんしゃく》は引き、心臓を氷水に投げ込んだように、身体の芯から冷たかった。一緒に面接を受けた他の四人は、内心あの愚行を嘲笑《ちょうしょう》しているだろう。

もうだめだ、と、他人ごとのように感じた。

紗央は、どこでもいいから正社員になることも、就活浪人になることも選ばず、新卒派遣を選んだ。学士新卒で働き始めた友達が、この二年の間に転職している例をいくつも見ていた。残業代込みの安い初任給で働かされるなら、時給の高い派遣で働いたほうが割が良いのではないか、と安易にも考えた。

なにより書き物に充てる時間も確保できる。紗央は自分では認めないが、モラトリアムの延長を決めたのだった。

「大変な倍率のなか選ばれた皆さんです。誇りをもって業務に励んでください」

派遣勤務初日、グループ統括の熊住《くまずみ》の挨拶に、紗央は耳を疑った。ただの派遣社員に、選民意識を植え付けてどうするのだ。だがこの社員は本気で、この大企業で働けることは素晴らしいことだ、と考えているようだった。

熊住とは面接時に会っていた。名前の通り、もっこりした大柄な男性だったが、オレンジ色のチェックのシャツを着こなせてしまう派手さがあった。短い時間だったが、頭の回転の速さがわかる会話の組み立て方、言葉の選び方に「さすがだな」と紗央は圧倒されるようだった。面接慣れしていると自負する紗央でも、今まで経験したことのない心地良い緊張感があった。だが、派遣仲間には熊住のようなオーラを持った者はいなかった。

紗央の配属されたチームは、人材派遣コーディネーターの補佐だった。十数名の派遣社員チームのリーダー二名もまた派遣であり、リーダーを管理する役がようやく正社員になる。膨大な人数がひしめいているフロアの、一体何%が正社員なのだろう。紗央はここに、世の中の仕組みのひとつを見た気がした。

自分と同じ新卒で、しかし正社員の若者たちが座る一角がある。彼らは疑いなくエリートだった。そして真のエリートはおごらない。派遣にも気を遣ってくれる。困ったことはないか、残業が多すぎないか。爽やかな挨拶。優しい笑顔。出張に行けばお土産。女性は完璧な化粧で美しく、男性は磨き上げられた靴にスーツだった。

選び抜かれた優秀な人材とは、全方向で高ポイントを叩き出せるものらしい。紗央はしみじみと理解した。自分は確かに、あそこに入れないだろうと、負け惜しみではなく納得した。

収入の、地位の、保障の、未来の格差を思うと全く別の人種であった。紗央は自分や同じシマに並ぶ派遣社員を、犬のようだと思う。上司である正社員の飼い主は餌を与え、なでてくれ、かわいがってもくれる。時に叱り、励まし、ほめてもくれる。笑いあって、遊んだりもする。だが決して、同じ世界に生きてはいないのだ。

この世界の棲み分けは、一見目立たない。あまりに自然だから。しかし双方の無意識な部分で、暗黙の了解が成り立っている。

紗央は自分が就活中に並べたてた美辞麗句を思い起こした。そんな言葉からは測れないものが社会だった。どんな形であれ、この会社に入ったことは間違いではなかったと紗央は確信できた。

作業自体は、一ヵ月もすれば慣れてしまう単調なものだった。モチベーションを保つのは難しいが、仕事の楽さは拍子抜けするほどだ。繁忙期は残業も多いが、その分はきっちり支払われる。仕事の後は好きなことに没頭できる体力を温存できる職場だった。

実家暮らしを続け、家と会社を往復しているだけなら、余計な出費はない。奨学金の完済も少し早められるかもしれない。

東京を見下ろす絶景の社食もあったが、紗央は昼休みはパソコンの前で持参の弁当を広げた。懐メロを聴きながら、実家近くの市立図書館で借りてきた本を読む。

同僚と仕事以外であまり交わろうとしない紗央を「さおちゃん、クールぅ」とおもしろがりながら、皆が放っておいてくれるのも、この職場を居心地よく感じられる理由のひとつだった。

しかし今日は、昼休みになるとすぐに席を立った。会社を出て、大通りを渡った少し先にある、大型ビルの吹き抜けまで行く。

社員証が見つかったという奇跡の一報が母から届くのを待っていたが、連絡はなかった。

もし道に落としていたとしたら、誰かが拾って警察に届けてくれているかもしれない。遺失届を出しておくに越したことはないが、同じ会社に勤めている者に聞かれてはまずい。電話をするために、距離を稼ぐ。

東京駅八重洲口から京橋にかけては、立派な高層建築が多い。またはそれを建てようと工事している。その合間合間に、時おり時代に取り残されたような古い小さな建物が残っている。紗央は気が向くと、仕事の後にこのあたりを目的もなく歩いた。

「そういうものは届いてませんね」

警察署の男の声は、至ってつれなかった。電話にすがりつくようにして落ち着きなく歩きまわりながら、社員証の特徴を述べていく。近くのサラリーマンたちがこちらの話を聞いてはいないかと、絶え間なく視線を走らせる。紗央はいよいよ追い込まれた気分だった。

職場に戻る道すがら、昨夜の自分の行動を頭のなかで再生する。

昨夜は会社の「キックオフ」だった。今四半期を振り返りつつ、来四半期への鼓舞を図る会社のイベントらしい。毎回レストランを借り切ったり、出し物があったり華やかと聞く。正社員のみならず、派遣にも出欠確認がまわってくるが、紗央は興味もなければ気も引けて、参加したことはなかった。

しかし今回ばかりは、智子《ともこ》に声をかけられて頷《うなず》いたのだった。

智子は少し年上のさばけた女性で、紗央は就業初日から密かに好意を抱いていた。女性は数名で固まるのが常だが、彼女はどこのグループともうまくやりながら、一人ですごす紗央にも気さくに声をかけてくれる、バランスのとれたありがたい存在だった。だからといって、特別に仲良くなるきっかけもなかった。

就業時十二人だった同期で残っているのは、紗央を含め四人。半年契約を満期で辞めた者もいれば、フェードアウトする者もいた。空席ができれば補充され、チームは常時十人前後で推移している。八割が女性だ。

二度目の契約更新、つまり二年目に入る前、紗央は派遣会社の担当から、現在のチームリーダーと同じポストを打診された。時給も少しあがるらしい。

「少し考えさせてもらえますか」

給料は魅力的だが、即答できるほど仕事に思い入れはない。ついつい居心地が良くて忘れかけていたが、別企業の正社員採用を目指す道も探らなければならない。

「他にも誰かに、声をかけているんでしょうか」

人には言わないように、と念を押されて教えてもらったのが、智子の名前だった。

紗央は初めて、個人的に智子に声をかけた。


「ここ、味噌汁お代わり自由なのが嬉しいんだよね。ちょっとしょっぱいんだけどさぁ」

智子と最上階の社食で向かい合う。智子はよく来るらしく、慣れた手つきで日替わりのメイン三種類から、豚の生姜焼きを選んだ。紗央もそれに倣う。智子とは味の好みも似ているようだった。

「リーダー？　断ったよ。アメリカに留学に行くつもりなんだ」

帰国子女との噂《うわさ》は聞いていたが、三十歳を目前に留学とは。思いもかけない返答に呆気にとられたが、智子は七月まで働いて辞める気でいるらしい。もう派遣元にも話を通しているという。

ビザが、滞在許可証が、と具体的な話をする智子に迷いは感じられなかった。地道に準備を進めているのが伝わってきた。

「時給はあがるけどさ、責任は増えても、正社員になれるわけじゃないでしょ。工藤さんとか見て、リーダーになりたい？」

ここまでスッパリ言われるとは思わず、紗央は苦笑した。確かに派遣と正社員の板挟みのような立ち位置にあたり、しかしあくまで派遣でしかない工藤たちの疲弊は、遠い席にいる紗央にさえ感じられることがあった。自分でもあきれるほど即座に、リーダーは断ろう、と決めた。

智子の芯が通っている強さと「留学」という響きが、紗央を静かに揺さぶっていた。

そしてついに今月いっぱいで、智子は退職となるわけだった。明確な目的があっての退職。羨《うらや》ましいと思わざるを得ない。

送別会が開かれるが、大勢で飲んでまともに話せるわけがない。まして智子は皆の人気者だ。近くに座れる気がしない。やはり高い飲み代を払ってまで参加するのは、割に合わないという気がして断ってしまった。

たった一度のランチを良い思い出とすればいい。いや、最後にもう一度くらい機会があるだろうか……そう思っていたところ智子から、キックオフ出ないの、と言われたのだった。

「タダ飯、タダ酒」

悪びれず、にかっと笑う智子は頼もしかった。そのときふいに、智子が近々いなくなるということが、寂しさとして胸に迫った。

「智子さんがいる間に、一度くらい行くのもありかな」

そのキックオフで、久しぶりに、飲んだ。

ブッフェ式の料理に群がっている人たちを横目に、ひたすら生のジョッキを重ねて、派遣仲間に驚かれた。

「飲み会に来ないのは、酒乱だからなんスね」

年下の男の子が紗央にふざけて言った。

働き始めてすぐに開かれた懇親会以降、紗央は仕事後の付き合いには一度も顔を出していなかった。他にも家庭持ちや、習い事がある者など、夜の付き合いを遠慮している派遣社員はいた。

自分のスタイルを肯定し始めたら、紗央は生きるのが楽になった。すなわち、基本的に独り、だ。

就活のときほど無駄にスマイルを振りまくことはやめた。もちろん、感じの良い人、であるようには心掛けている。釣り目気味で、眉もかっきりと濃いせいか、昔から黙っていると「怒ってる?」と周囲に怖がられた。職場では口角を少しだけ持ち上げた、うっすらにこやか、を基本モードに設定しているつもりだ。

会計を気にしなければ、あさましくなれるものだ。自嘲しながら、紗央は飲んだ。本来酒好きで、強いとも言われた。大学時代には調子にのって記憶が飛んだことも二、三度ある。しかし院に進んでからは、パッタリと飲まなくなった。お金を使わなくなった、というほうが正しいかもしれない。

親の反対を押し切って大学院に進んでからしばらくの後、父親は勤め先から早期退職を促された。勤続年数が長いだけの、うだつのあがらないサラリーマンに対して、事実上の首であった。

父親は苦労して部品メーカーの、更に下請けメーカーに再就職したが、雇用条件は比べようもないほど悪かった。単身赴任も余儀なくされた。地方に離れて住むようになり、もう三年になる。そろそろ帰ってくるかもしれない。そうでないかもしれない。

進学したことを紗央は悔やんだが、一年で辞めたら意味がないと踏ん張った。修士課程を修了したとき、しかし、その意味とはなんだったのかと自問せずにはいられなかった。

酔いがまわると紗央は気が大きくなり、声も大きくなった。

「智子さん、本当に行くの？　準備とかどうなの？」

智子は赤くなった紗央を見て笑うと、乾杯、とハイボールを掲げた。紗央はがつん、とジョッキをぶつけた。

準備は至極順調。アメリカは自国ファーストを推し進めて各国の信用を失った反動から、ここ数年で一気に移民歓迎ムードとなり、申請もずいぶんシンプルになって助かったという。

「そっか、惑星難民を受けいれるくらいですもんね」

「それは日本もでしょ」

「いやぁ、実際は無理じゃないすか？　反対してる人多いし」

「さおちゃんは、そう思うんだ」

智子の言葉には、微妙なニュアンスが含まれているようだった。紗央はまじまじと智子の顔を見つめる。智子も試すような、ちょっといじわるな目で、紗央を見返していた。

紗央の脳裏に、去年の秋にテレビで見た映像がありありと蘇《よみがえ》った。

土曜日の朝は、目覚ましをかけず好きなだけ眠ると紗央は決めている。しかしその日は、母に揺り起こされたのだった。

「紗央、紗央！　大変だよ、ちょっと来て」

まだ七時前だった。低血圧の紗央は不機嫌を露わにしたが、母の顔が妙に強張っていることに気付いた。その声の緊迫感も、ただ事ではない。カッチリと目が覚めた。

母は、大変大変……と、うわ言のように繰り返しながら、リビングのテレビを指し示した。臨時ニュースのテロップが躍っていた。

〈NASAが地球外生命体との接触に成功。アメリカ合衆国は「惑星難民X《エックス》」として受け入れる方針を発表〉

紗央の頭では付いていけなかった。何度もそのテロップを読み返していると、日本時間深夜のうちにホワイトハウスで行われた記者会見の一部の再放送が始まった。

会見には地球外生命体に接触したという宇宙飛行士が登壇し、「惑星生物X」と名付けた宇宙人の保護を訴えていた。そこに容姿も声も瓜二つの、もう一人の宇宙飛行士が現れたのだった。

信じられない場面でありながら、特撮などで見慣れた映像のようにも感じられた。後から登場した白人男性は、自らを「惑星生物X」と名乗り、落ち着き払った様子でカメラに語りかけた。

「私たちの母星、惑星Xはアンドロメダ銀河の伴銀河、アンドロメダ座X《テン》に属しています。母星では内乱が激化し、我々は宇宙への避難を余儀なくされました。多くの仲間が、今も果てしない宇宙空間を漂い、助けを待っています。我々は寛容で慈悲深い地球人の皆さんに力をお貸し頂きたいのです」

宇宙飛行士も全く同じ表情、調子で淡々と続けた。

「『惑星生物X』の原形は無色透明ですが、把握能力、擬態能力に著しく長けており、対象物の見た目から考え方、言語まで、スキャンするように取り込むことが可能です。ご覧の通り、彼は私をスキャンして、今ここに立っています。スキャン後にヒト形となり、人類の思考を共有できるようになった惑星生物Xのことは『惑星難民X』という名称に統一し、原形とは区別します。宇宙規模での平和を実現するため、我々アメリカ合衆国は『惑星難民X』を迎え入れる用意があると、ここに宣言します」

一体なんの話だ。紗央はあまりに驚愕《きょうがく》し、咄嗟《とっさ》にフェイクニュースである可能性が高いと踏んだ。だがなぜ？　実際はもっと恐ろしい事件が起きていて、それを隠すための陽動作戦かもしれない。

現実的に考えようとしても、形容しがたい興奮はどうしようもなかった。紗央は無言でネットの情報収集を始め、パジャマのスエット姿のまま、ほぼ一日中このニュースを追いかけた。そうして導いた結論は、どうやら本当のことらしい、だった。

紗央は気分が悪くなってきた。頭を整理しようと「惑星生物X」について現状でわかっていることを書きだす。

・無色透明の単細胞生物だが、その知能レベルは極めて高い。

・固有の形を持たず、物質としての変形も体積の増減も可能。
・スキャン能力を使用して、対象の容姿から思考まで正確にコピーすることが可能。
・対象が実在しなくても、特殊な形で保存されたデータや数値からも、スキャン能力でヒト形になれることが判明。

怯えていた母もまた、早朝からテレビの前に根を生やしていたが、青ざめる紗央とは逆に少しずつ落ち着きを取り戻していた。うっすら上気した頬で、映画みたいだね、とつぶやく様子は楽し気ですらあった。紗央を振り返ると、口の端に妙な笑みを浮かべて言った。

「怖いけど、アメリカが大丈夫っていうんだから……」

紗央は震撼した。


あの日を境に「惑星生物X」や「惑星難民X」のことがメディアの話題に上《のぼ》らない日はなかった。全世界の誰もが抱いたであろう危惧は、しかし日に日に薄まっていくようだった。諦《あきら》めなのか納得なのか、人々は奇妙に従順だった。人類規模の大問題でありながら、それがあまりに大きすぎて日常から逸脱しているため、自分たちとは関係のない問題に思えてしまうのだった。

そして気が付けば先月、日本でも「惑星難民受け入れ法案」が衆議院本会議で可決されていた。日本人型となった惑星難民Xを受け入れるためだ。同時に受け入れまでの一連の流れも発表された。紗央は「惑星生物X」について書きとめているメモに新たに追記したが、その曖昧《あいまい》さには閉口するしかなかった。

・「惑星難民X」受け入れ手順

一、各市町村ごとの二十代平均モデル（男女一名ずつ計二名）をスキャン用データとして用意。

二、特別施設（詳細非公開）にてデータを惑星生物Xにスキャンさせ、日本人型惑星難民Xとする。

三、一定期間の研修（詳細非公開）を経て、試験（詳細非公開）にクリアしたものから追跡型特殊ＩＣチップを埋め込む。

四、マイナンバーを授与し、日本国籍を持つ日本人として社会に送り出す。

この衝撃的な法案のスピード強行採決には、各地で反対デモが起きている。紗央もこのままで良いのか、とモヤモヤとしたものを抱えつつ、具体的に声をあげられずにいた。だが内閣支持率もガタ落ちしている現状で、さすがに日本政府も国民の不満の声を無視して惑星難民Xを受け入れることはないだろう、とどこか楽観視していたのである。

紗央は時に宙を睨《にら》みながら、つかえながら、意見を述べた。智子は口を挟まず、頷きながら紗央の話を促してくれた。

アメリカの事情はよくわからない。国の成り立ちからして違う。誰にでもチャンスがあると豪語してやまない国。人種のルツボと呼ばれる国。原住民を追いやった国という意味では、惑星人に追いやられる脅威はないのかと皮肉にも思うが。

しかし日本は島国だ。文化が交じり合って発展してきたというよりは、独自に深めてきたほうだ。本質として閉じた国なのだ。国際的な文化交流、経済交流はあるべきだろう。しかし「難民支援」という聞こえの良い言葉を掲げながら、実質は労働力を期待して「惑星難民X」を「日本人」として溶け込ませるヤリクチというのはいかがなものか——

後半は最近読んだ記事の受け売りでもあった。日本は過去既に出入国管理法を急いで改正しているが、それは当時から深刻だった労働力不足を補うため。つまり外国人労働者を確保するための措置。今回も同じ思惑が見え見えである、という内容だった。

紗央は喉が渇き、ビールを飲みほした。酔って饒舌《じょうぜつ》になるタイプで良かった、と頭の片隅で思う。自分はウヨクではないと思っているが、惑星人のことは未だに悪いジョークだという気がしてならなかった。これがSF小説だとしても、出来は良くない。

「いいね大演説！　もう一杯いっとく？」

智子は唾を飛ばす勢いの紗央に、拍手して言った。冷やかしではなく、愉快そうなことが、紗央を喜ばせた。

智子もお代わりを飲みながら、大枠として惑星難民受け入れに賛成だが、日本国籍を与えるか否かは、もっと時間をかけて話し合うべきではないか、と信念をもった口調で語った。その様子は、この話題について既に何度も議論を交わしてきたのだろうと感じさせた。

紗央も智子の話に頷きながら、こんなに熱量をかけて真面目な話をしたのはいつぶりだろう、と額ににじむ汗をぬぐった。

「アメリカに遊びに来たらいいよ」

智子は話の最後に、唐突に言った。紗央は無意味な社交辞令は好きではないが、これは本気の言葉と信じて良いのだろうか。

「本当に行きたいです。行きますよ」

「いいよ。でも、どうやって連絡する気よ？」

考えてみればもう何年も、プライベートで誰かの連絡先を携帯に追加していない。その事実がなんだか恥ずかしかった。

連絡先を交換しながら「留学かぁ」と思わず声が出ていた。智子が紗央に語ってみせたように、違う国の違う常識を、そこに生きて学ぶというのは、きっとおもしろいことだろう。この先どのように生きていくにしろ、財産となる経験だろう。

とはいえ、紗央は外国にも外国語にもあまり興味がなかった。日本が好きかは別として、日本語が好きだった。

英語必須の時代と言われるが、高性能な翻訳機器はいくらでもある。機械がなくても、話せる人も増えている。紗央ひとりが話せなくて、誰が困るというのか。

自分に留学という選択肢はありえなかった。現実をみても、奨学金の返済、という大きな壁があり、その先から留学資金をひねり出す……というのは不可能だ。

留学、だけではない。自分には既にいくつもの金銭的不可能な道があり、その道を注意深く避け、ないものとしなくてはならない、と紗央は思った。

「本当に遊びに行くからね。いつか」

ただ、いつか、くらいの夢を見るのはかまわないだろう。

キックオフが終盤となり、壇上では社員がなにか高らかに宣言していた。紗央は何杯目か忘れたビールをちびちびなめながら、大げさなジェスチャーをする社員のスピーチを、遠巻きに聞いていた。

「ぼくたちが、明日の日本を作っているんです」

紗央のかすんでいた視界は、その声に突如ピントがあった。潑溂《はつらつ》として意欲に溢れた男性の顔があった。

——これだ。まただ。

こうして少しずつ、ごく自然に、行われる。仕組みを作りだす人と、その仕組みに取り込まれる人。紗央はジョッキを空ける。

「もう一軒行こうよ」

「いや、もう飲みすぎなほど飲んだから」

智子は紗央の顔を覗き込むと、確かに、と肩を叩いた。

「気ぃつけて帰りなね」

紗央は、こくんと子供のようにうなずき、皆と手を振って別れた。

会場からどっと吐き出された社員の大半が東京駅方面に流れていくが、紗央は京橋駅のほうへと歩いた。

フェンスで覆われた更地のなかに、大型クレーンや重機が今日の仕事を終えてひっそりとしていた。その猷めいた形が、紗央は昔から好きだった。重機の会社に勤めるのも悪くないかもしれない……酔った頭でそんなことを思いながらショベルカーを見つめていると、それは急に歪《ゆが》んだ。酔いのせいで視界がせばまったのだった。景色の色彩もみるみる褪せてくる。紗央はこの感覚を知っていた。まずい兆候だった。

ひとまず座ろう、と紗央はガードレールに腰かけ、バッグを膝《ひざ》のうえに置いた。しかしバランスを崩し、紗央はバッグとともに路上にぺしゃりと崩れ落ちた。咄嗟に地面についた手のひらをすりむき、バッグの中身は飛び出した。社員証も同様だった。

が、そのときはすぐさま、白いポロシャツにベージュのパンツ、黒いリュックを背負った爽やかな好青年が拾ってくれたのだ。

「大丈夫ですか？」

紗央が緩慢《かんまん》な動作でバッグの中身を拾い集めていると、その男はちらっと社員証に目をやってから、それを紗央に戻した。

「大丈夫です」

紗央は情けないほどかすれ声だった。

「ちゃんと椅子に座ったほうがいいですよ」

「水飲んだほうがいいですよ」

「顔色悪いですよ」

男は甲斐甲斐《かいがい》しく紗央の世話をやこうとする。放っておいてほしい。じっとしていれば、良くなるのだから……

大丈夫です、を繰り返し、紗央はとにかくこの男から離れようと千鳥足で歩き始めた。トイレに行きたい。もう少し行けば、地下に飲食店街のあるビルに着く。あそこにはベンチもあったはずだ。

「大丈夫ですか？」

男はまだ付いてくる。始めはありがたく申し訳なかったが、ここまで付きまとわれると怖いような気がした。だが、これだけ東京には人がいるのだ。なにかあれば助けを求められる。

結局、ビル地下の女子トイレまで付き添われた。

「どうも」

捨て台詞《ぜりふ》のようにつぶやくと、紗央は倒れ込むように個室に入る。吐いても、胸のむかつきと、めまいはなかなか治まらなかった。しばらく頭を抱えるようにしてうずくまりながら、トイレとその空間を美しく保ってくれる清掃員に感謝した。

職場のビルまで戻ってきた紗央は、このとき社員証を落とした可能性もあるのではと考える。ゲートに向かっていた足を止め、ガラス張りのロビーから、トイレに立ち寄ったビル方面を眺めてみる。

電話してみるか、帰りに寄ってみるか……

ようやく動けるようになった紗央がトイレを出ると、まだ男がいた。ギョッとして固まる。かなりの時間が経っていたはずだ。

「すみません、心配になっちゃって。大丈夫ですか？」

男はコンビニの袋を差し出したが、紗央は受け取らない。警戒を露わに、自分でも険《けわ》しい目つきになっているのがわかった。

「ああ、さっきよりずっと良さそうですね」

厳戒態勢の紗央に対してそう言って安堵の息をつく男は、邪気がないように感じられた。半ば強引に、袋を紗央に押し付けてくる。ペットボトルの水が二本、お茶が一本入っていた。

「じゃ、ホント、気をつけてくださいね」

紗央の反応を待たず、男はくるりと背なかを向けて去っていった。

単なる、親切な人だったのか。

紗央は途方に暮れた。良心が痛み、人の善意を信じられない自分が許せなかった。

謝らないと。お礼をしないと。

そうは思っても、走って追いかけるのはためらわれた。まだ多少ふらつきながら、自然と男に付いていく形になった。ちょうど男も京橋駅に向かっているようだ。もらった水をぐいぐいと飲みながら、紗央は決めた。

——もし追いついたら礼を言おう。追いつかなかったら、それまでだ。

青信号が点滅していた。紗央を走って追い越し、渡り切る人たちがいた。しかし男は、横断歩道の前で悠長に止まった。男の周りだけ空気がゆったりと流れているように感じられた。時間というものに縛られていないのか、と思わず羨ましくなる。

「ありがとうございました、大丈夫です」

紗央はゆっくりと追いついて、礼を言った。声に力が戻り、発音も明瞭だったことに自分でも安心した。男はビックリしたように振り返り、少しの間をあけて、良かったです、とふんわり笑った。

最寄り駅を尋ねられて紗央が答えると、男はいかにも嬉しそうな声を出した。

「僕、そのひとつ先ですよ。ご一緒できますね」

男が住んでいるという隣駅一帯は人口が多く、大型ショッピングセンターがある。紗央も度々利用していた。

「あそこに入ってる本屋、よく行くんですよ。家の近くだと、あまり品揃えが良くなくて」

「あぁ、駅前の小さい本屋しかないですもんね」

「そうなんです、売れ筋は置いてるんでしょうけど、文芸誌とか、ごく一部しかなくて」

「文芸誌？　どんなの読むんですか？」

紗央は単純に楽しくなってしまった。男も本が好きだと言って、数名の作家をあげた。有名どころだが、紗央も好きな作家だった。

「今日は飲み会だったんですか？」

「なんのお仕事ですか？」

会話はさりげなく広がり、紗央は当然のように派遣先の企業名を出した。派遣なんですけどね、そう付け足す前に、男は「えぇ！」と感嘆したような声を漏らした。

「すごいですね、お仕事大変でしょう」

大げさなほど深く頷かれてしまう。やはり大手の名は通りがいい、と紗央は思う。たとえ派遣だろうが、会社の名前を出せば確実に通じる、というのは便利な事実だった。

「いえ、私のいるチームは単純作業なので。それに――」

「実は僕も似たような仕事してるんですよ。もっと全然、小さいところなんですけど」

男は紗央の言葉を遮り、意気込むように話し出した。

「外国人留学生の就職支援です」

留学、という言葉に、紗央も反応した。紗央が質問すると、男はなにか言いかけたが、尻つぼみになり、反応も鈍くなった。一瞬、遠い目をして呟くように言った。

「けっこう大変なんですよね」

男は仕切り直すように、話題を本に戻した。

今度は紗央が、好きな作家の名前をあげる。異性と本の話題で盛り上がるのは、何年ぶりだったか。

大学の文芸サークルで出会った先輩と、五年以上付き合った。彼が就職し、紗央は院に進学し、少しずつ関係が冷えていったことは認める。だがお互いの環境が変われば、変化が起きるのは当たり前だ。関係にも山と谷がある、それだけだ。紗央は決して悲観していなかった。彼の知識量と、自分には駆使できないロジカルな文章に心酔していた。他の男は眼中になかった。

ある夜、酒の強くない彼とカフェでパスタを食べた。彼は好物であるはずのボンゴレを食べきれず、店から駅へと歩きながら、職場の女の子を好きになってしまった、別れてほしい、と泣きそうな声で切り出してきた。むしろ懇願だった。

紗央は当初、自分たちの関係は修復できる、私も努力すると説得にかかった。が、つまるところ、彼は女を妊娠させていた。既成事実は有無を言わせない。折れるしかなかった。憔悴《しょうすい》した顔の彼に、紗央が夢中になった頃の輝きはなかった。五年間にお互いに失ってきたものと、その取り返しのつかなさを想った。

紗央の趣味ではない細身の紫色のネクタイが、彼の首を締めあげていた。それを見つめながら、そういえば紗央があげた水玉のネクタイをしてくれたことは一度しかなかった、と気付いた。


電車が最寄駅に近づいてくると、紗央は男の連絡先を聞くべきか、と悩んだ。しかし異性関係はトラウマで、踏み込むことが怖かった。おまけにプライドも高い紗央は、あれこれ逡巡《しゅんじゅん》しているうちにもう降りなくては、という状況だった。

「本当に、ありがとうございました」

ホームに降り、車内の男を振り返る。自分の勇気のなさに歯噛みする思いだった。お互いに別れがたく、じわじわと惹きあう磁力のようなものを感じていたはずなのに。

が、発車する直前、男は閉まりかけたドアの隙間からすり抜けて紗央の前に立った。その動きが、スローモーションになって紗央の目に映った。現実味がない。肩にかけたバッグの持ち手を強く握り直した。

「僕、ここからでも歩いて帰れるので、もしよければ、少しだけ、お茶しませんか」

紗央は自分の人生に、こんな物語が用意されているとは夢に見たことさえなかった。安手のドラマというか、できすぎというか。少なくとも自分の小説には書き得ない場面だ。

――信じられない！　嘘嘘嘘！

胸の内で絶叫しながらも、口元がほころぶ。生真面目そうな青年の丁寧な誘いに、頷かないわけはなかった。

しかし、二十三時をまわると軒並み「お茶」の店は閉まっている。

「カラオケどうですか。ゆっくり話せるし。歌ってもいいですし」

男の提案は紗央の意表を突くものだったが、このあたりのファミレスは、零時には閉まってしまう。紗央もなぜだか、居酒屋よりもいいかも、と思ってしまったのだった。

そのとき、この人とキスくらいはあるかもしれない、と受け入れていたことを白状しなくてはならないだろう。

男はお世辞ではなく、素晴らしく歌がうまかった。歌声は話し声よりも少し低めになり、甘く伸びる。特に福山雅治のバラードは堂に入ったもので、持ち歌なのだろうと思うとおかしかった。

——単にカラオケに来たかっただけかもな。

それでも紗央は嫌な気はしなかった。微笑ましくなったほどだ。

男は紗央にも歌うよう勧める。照れでもなんでもなく、紗央は音痴であり、最近の歌も全くわからないので固辞した。それに、男の歌をいつまでも聞いていたかった。

男は数曲立て続けに熱唱すると気が済んだのか、学生時代に上京してきて、ずっと隣駅に住んでいること、実家は雪国であること、などを話し始めた。紗央は相槌《あいづち》を打ちながら、男の横顔を盗み見る。男が紗央の目を見つめることはなく、時々視線が合っても、すぐ恥ずかしそうに目を伏せてしまう。ビー玉のような不思議な目だった。下睫毛《したまつげ》が長い。気の優しい草食動物を愛でるような感覚を抱きつつ、紗央はストローでウーロン茶をすする。

「僕、もう一杯いいですか」

「もちろん」

立て続けに酒を飲むのが、男の雰囲気からするとやや意外に思えたが、女性といることに緊張しているのかもしれない、と紗央は呑気に考えていたのだった。

高層階に上るエレベーターのなかで、紗央は自分の甘さに頭がくらくらする。実際、また貧血のようになって、手すりに摑《つか》まる。

チームのシマに戻ると、大半が出払っていた。今日は弁当を詰めてくる余裕がなく、冷凍ご飯と、生卵をひとつ持ってきただけだった。給湯室に湯はあるので、机に常備しているインスタント味噌汁をマグカップに溶く。プラスチック容器ごと温めたご飯に卵を割り入れ、冷蔵庫のなかの誰かの醬油を失敬する。

幸いにもフロアの片隅、窓際にあるスペースが空いていたので移動する。この食事風景はできるだけ人に見られたくなかった。マイ箸で卵かけごはんをかきまぜながら、紗央はあの後のことを思い出し身震いした。

突然、男の様子が変わった。

目が据わって、口が重くなった。白目がどろんと濁り、憎しみが注ぎこまれ、昏《くら》い熱を帯びていくように思われた。これだけ唐突な変化が起きた理由になんら心当たりがなく、紗央は慌てた。先ほどキラキラと自分語りをしていた男とは、もはや別人に見えた。

──なにか、楽しい話題を。

しかし提供できるのは文学や本のこと、身の回りのことばかりで、もう充分話してしまっていた。男の興味がありそうな話題を、と焦るほど、自分の抽斗《ひきだし》の少なさを痛感した。

いきなり、男はテーブルを拳で殴った。

紗央の身体は瞬時にこわばった。身体だけでなく、思考も痺れるようだった。縮み上がる、という表現がいかに的を射たものか、あのときの紗央を見ればよくわかるだろう。

男のなかにある理性、あるいは常識といった堤が決壊したのか、それからは呪詛《じゅそ》の如く自らの不遇と世の不公平を、脈絡なく垂れ流し始めた。

「マジメにやってもいいことなんもねぇし俺ばっかりなんで毎日あほみたいなっつかまじ屑《くず》のあいつに糞《くそ》、俵田《たわらだ》、あいつだよ元凶はホントあいうの死刑どうしょもねえよなんで俺がアイツみたいな無能に使われなきゃなんないんだよなんでやったらやったぶんだけ認められねぇわけゾーキンかよ屑の後始末、俵田あいつ殺す、権力崇拝者が差別主義者がこういう仕事してるとか終わってるし結局金か吐き気するわ、反吐《へど》、あいつらガイジンも恩義とかまじでねぇ結局みんな馬鹿ばっかなんだよ平和ボケした国一回滅びるしか、ろくでもねぇ女がデカい面して酔っ払って糞か、こんなゴミが高給取りとか死んだほうがいいわどうすりゃこんな社会まかりとおるわけ死ねよ一回落ちたらゲームオーバーさよならか」

男の話に一貫性はなく、床の一点を見つめて抑揚なく語る様は念仏に近かった。紗央のことを「鼻持ちならない勝ち組」と決めてかかって話している節があり、時々社名があがった。怨みと妬みがあきらかだった。

「うっせえんだよ」

「俺が話してんだよ」

「黙っとけ阿呆」

紗央が口を開けば叫んだり、すごんだりした。手を上げられたときは、心底恐ろしかった。実際に紗央めざして振り下ろされはしなかったが、もし殴られたらどうしようと視線がさまよった。

――カラオケルームには、防犯カメラが付いているんじゃないか？

――誰かが助けに来てくれるのでは？

延々となじられながら祈ったが、誰も来なかった。

男は完全に精神のバランスを失っているようで激高したり号泣したり、既にまともに話せる状態になかった。紗央は硬直したまま、こんなときにもトイレに行きたくなるものか、と泣きたくなった。

と、男は念仏を止めて、太腿《ふともも》をもぞもぞすり合わせていた紗央を無言で見た。紗央も動きを止めた。充血した目が、まっすぐに紗央に向けられていた。

「ここでしたら」

紗央は沈黙を守った。微動だにしなかったが、絶望していた。

男はおもむろに座り直し、紗央に少し身体を近づけた。少し首を傾けて、紗央の顔を覗き込むと、しばらくじっとしていた。

「大きな目ですね」

男の声は静かなものに戻っていた。

尻ポケットから折り畳み式のナイフが取り出されたのが見えた。ゆっくりと刃を開く。紗央はなぜか、光りすぎているから本物ではないのではないか、と思った。

「一緒に死にますか」

男も紗央も、ナイフの切っ先を見つめた。ぴかぴかしていた。

次の瞬間、紗央の頭はスパークし、カラオケルームから走り出していた。右肩が痛かった。男に体当たりしたのか、ドアに体当たりしたのか。覚えていない。

外は雨が降っていた。紗央はバラバラと雨粒に打たれつつ、男が追ってくるのではないかという恐怖から、何度も後ろを振り返り、転びそうになった。もし後を付けられたら、このまま帰ると実家の住所を知られてしまうのではないかと新たな恐怖も生まれた。

本能的に、家の近くのコンビニに飛び込んだ。今のところ男の姿は見えないようだった。紗央は一度も使ったことのない、店奥にあるトイレに突進した。「深夜はご利用になれません」という札を無視して、飛び込んだ。

不思議なもので、そこまでは我慢できるのに、そこに着いた瞬間に我慢が利かなくなる。これを「トイレ力学」と称し、大学時代に友達と大笑いしたものだった。

馬鹿笑いしたあの日も、きっと酔っていたに違いない。

パンティをおろすのも間に合わなければ、トイレの蓋がしまっていたことにも気づかなかった。

紗央はぬれたパンティをぬぎ、びしょびしょにしてしまった便器と床を掃除した。

コンビニのトイレも意外ときれいなんだな、と思いながら。設置されていたペーパーは使いきってしまい、次の人に申し訳ないと思った。

ドアを叩かれた。

「どうしましたか？」

あの男とは違う。困惑した、おそらくは店員の声が聞こえた。

「大丈夫です」

紗央はしばし躊躇したが、冷たくなったパンティをはき直した。スカートで良かった、とだけ思った。疲れ切っていた。

やはり、この騒動のどこかで社員証を落としたと考えるのが道理だろう。カラオケルームからバッグを引っつかんで走り出たときが、一番ありえる。

最悪のパターンは、男がそれを見つけて持ち帰った、というケースだった。社員証を使って自分を呼び出すかもしれない。いや、なにより怖いのは、それを使ってビルに侵入してきたら、ということだ。

男はなぜナイフなんて持ち歩いていたのだろう。本気で死にたがっていたとは思えないが、あの呪詛の念仏、濁った眼……

「良い人に見えました。あんなことするなんて信じられない」

紗央の頭のなかで、近隣住民の証言映像が勝手に構築される。ああいう人間が切れたらテロでも起こしかねない、のかもしれない。

卵かけごはんを食べ終わったプラスチック容器はぬるぬるとしていた。それを洗う手が震えてくる。やはり今すぐ、社員証をなくしたと話し、ＩＤを無効化してもらおう。警察に被害届も出すべきかもしれない。

――でも、どう説明する？

洗い終わった容器をミニ手提げに入れ、給湯室から出た。紗央は仕事を辞めさせられるかもしれない、と思い詰めるが、それなら次を探すまでだ、と楽観しようとする。が、眉間に皺《しわ》が寄っていく。

肩を叩かれるまで、廊下の智子にも気が付かなかった。

「すっごい怖い顔してたよ」

紗央は智子に泣きつきたくなる。

「……顔色も悪いね？」

「智子さん、どうしよう」

紗央の切羽詰まった声に、智子も真顔になった。二人のあいだに緊張した空気が走った。

そのとき、紗央の携帯が鳴った。知らない番号からだった。

「先ほど届け出のあった、社員証が届いています」

地元の最寄り駅にある交番からだった。

電話を切ったとき、もう紗央の目は潤んでいた。智子に抱きつき、一生酒を飲むまいと密かに胸に誓った。

「解決しました、ありがとう」

「えーもうー？」

笑いながら、智子自身もあきらかに安堵した様子で、肩にのせられた紗央の頭をポンポン叩いてくれた。

社員証が見つかったことに心から感謝しながら、しかし午後も上《うわ》の空だった。つまらないミスをして注意された。集中、と思う傍から集中力が消えていく。

定時ちょっきりでチームの誰より先に席を立った。智子が目配せを送ってくれ、紗央もそれに小さく会釈する。

仕事を終えてビルを出ると、時折潮の香りがした。築地の風が運んでくるのか、この日もそうだった。初夏のねばりっけのある風に、ムッとした臭いが合わさり、あまり気持ちのいいものではない。だが今日ばかりは、生きている実感に繋がった。

見上げても、自分のフロアがどこだかわからないほどに、そのビルは巨大だった。高層階は基本的に窓が開けられない。真新しい洋服のタグのように、閉塞感がいつでも不快な肌触りとして残る。

——早く社員証を取りにいかなければ。

駅直結のブリッジを足早に進むと、立ち止まってこちらを見ている男がいた。紗央は全身が粟だった。足がすくみ、後ろから来た人にぶつかられる。舌打ちが聞こえた。

その男はよく見れば、昨夜の男とは似ても似つかない。ぴしりとスーツを着込み、待っていたらしい女性と合流して歩き出した。

「ぼくたちが、明日の日本を作っているんです」

風の具合か、潮の香りが強くなった。どこかで聞いた言葉が海鳴りのように蘇った。

〈柏木良子《かしわぎりょうこ》の日常〉

水たまりのかけら。

まだ薄暗い明け方の道路に一瞬光ったものが、柏木良子の目にそう映った。昨夜ベッドのなかでも聞こえた走り雨が、路上のあちこちに小さな水痕を残していた。

急ぎ足で向かえば家から十分程度のコンビニに、良子は週五で早朝シフトに入っている。早朝勤務はいつも人手が足りない。両親がコンビニ経営をしていたので痛いほど知っている。高校時代からよくこの時間帯、朝の五時から駆り出されたものだ。眠い、怠《だる》いと文句を並べてはいたが、二十四時間態勢で哀しいほど勤勉に働く両親のことを思えば、手伝わざるを得なかった。あれほど嫌っていた早朝のコンビニが、四十をすぎた今、ホームのような落ち着ける職場になっていることを少し皮肉に感じる。

いつものように四時四十五分に家を出て、いつものように裏通りから大通りに出てせかせか歩いていくと、いつもの風景にはない異物として、その社員証は落ちていた。

裏返しになっていたそれを拾うと、良子でも知っている大手の会社名があった。そして鼻筋の通った勝気そうな女性の写真。二十代半ばだろうか、睨むように正面を見据えた眼差しの強さに、あっ、と閃《ひらめ》きのようなものが走った。この女性、知っているような……

女性の記憶をたぐり寄せようとしながら、しかし、良子の脳裏に反射的に浮かんできたのは、封印したはずの記憶だった。学生証を落としたあの日、あの頃の惨めな自分である。

あれは大学三年の頃、取り立ての免許証で両親の車を借りて出かけ、接触事故を起こしてしまった。幸い怪我人はなく、ガードレールと相手側の車に傷を付けただけだったのだが、良子はパニックになり、以降一度も車を運転していない。

相手方への示談金と、両親の車の修理代を稼ぐには、当時していたカフェのバイトと家の手伝いだけでは追いつかない。家に余裕がないのは知っていた。気軽なおこづかい稼ぎの手段として、同級生たちがキャバクラの体験談をあっけらかんと語っていたことを思いだし、夜のバイトという選択肢が浮かんだ。

良子は控えめな性格で、顔の造りも決して派手ではない。しかし昔から不思議と男を惹きつけるタイプだった。幸薄そうなところがソソる、と悪びれずにナンパされた日には苦笑したが、日向《ひなた》の匂いを発散している健やかな笑顔の同級生を見るたびに、良子は自分のもつ一種の昏さを認めないわけにはいかなかった。そして、それを好む男がいるということも早い段階で理解した。

良子本人からすれば、恋愛体質ではない。ただ強く言われたことを断れないがために、常に流される形で男がいた。それだけのことだったが、彼氏がいても、他の男に誘われれば押し切られて寝てしまうことも多かった。当然、関係は長続きしない。

だが、いざキャバクラでバイトを始めてみると、地味で真面目すぎる良子は分が悪いように思われた。大きな口をあけて、キャハッと楽しそうに笑いながら、お客さんの肩に触れる。話を振られれば、小首をかしげて甘えてみせる。そういうことが求められているようだった。

どうしてこんな簡単そうなことが自分には難しいのだろう。良子は辛かった。いつも女の子の数を揃えるためだけに、団体客のテーブルに回された。自分のできる限りで最高の笑顔を作りながら、早く切り上げたいと祈っていた。

そんなとき、古閑《こが》が現れたのだ。

常連客が接待として連れてきたスポーツマンタイプの爽やかな男性だった。まだ三十代前半だったはずだ。堅気では手を出さないような派手なストライプスーツが似合い、女の子たちも色めき立った。

良子はその日もテーブルの隅で話に頷き、客の煙草《たばこ》に火をつけ、用を足しに立つ者があれば、おしぼりを手にしてドアの前で待った。

古閑がトイレから出てきたとき、良子が待っているとは思ってもみなかったのか、目を見開いて驚いた顔をした。おしぼりを持って待ちかまえていた良子自身も、そういえば変だよな、と急におかしさがこみあげて笑ってしまった。

「ありがとう」

古閑もまた笑いながら、受け取った。この人はこういうお店に慣れていない人なのかな。良子はそう考えるとほのぼのしたが、古閑の視線がさりげなく良子の頭の先から爪先まで行き来していることに気付いた。値踏みされている。そう思うと、羞恥《しゅうち》と怒りがないまぜになったような感情にカッと熱くなった。

「名前、何ちゃんだっけ？」

古閑は良子の源氏名を復唱すると、にっこりと笑みを浮かべた。

それから古閑は、良子の常連客となった。

若くて羽振りの良い自称、実業家。店の女の子たちは、古閑にかわいがられる良子を羨ましがり、妬みもした。良子は値踏みされた際の古閑の視線を思うと、やはりむかっ腹が立ったが、それでもこうなってみれば悪い気はしなかった。

出勤前の同伴で、一緒に映画を観てからマクドナルドのハンバーガーを詰め込み、走って店に向かったこともある。同伴でも入店しなくてはならない時間が決まっている厳しい店だった。

街を歩きながら手を繋がれると、まるで本物のデートのようだと思った。古閑は逃したくない上客でありながら、一人っ子の良子にとっては同時に、頼りになる兄のような存在になっていった。

が、その信頼は呆気なく崩れた。古閑はあまりアフターをしない客だったが、その日は珍しく、店の後で食事をしたのだった。古閑はうわばみだった。良子もまた、勧められるままに日本酒の杯を重ねてしまった。つるつる飲める口当たりの良い酒で、その店ではずっと笑っていた気がする。古閑もまた楽しそうだった。

まともに歩けないほど酔ってしまった良子を、古閑が支える形となった。もう三時近かったのではないか。

「少し休もっか」

古閑に抱きかかえられ、ビルとビルの陰に入った良子は、建物に身体を預けて目を閉じた。呼吸が速くなり、苦しかった。耳のなかで打っているのかというほど、脈が大きな音で聞こえた。

次の瞬間、いきなり突き飛ばされた。なにが起きたかわからないまま太い手が伸びてきて、必死に抵抗した。古閑になにか卑猥《ひわい》な罵詈雑言《ばりぞうごん》を浴びせられたような気がするが、覚えていない。やめてください、やめて、と何度も言った。殴られた。気が遠くなり、どこまで事が進んだかも、覚えていない。

この後の記憶は、タクシーの運転手に起こされ、家の近くで下ろされた場面だ。おそらくは古閑が、ぼろぼろの良子をタクシーに詰め込んだのだろう。足がもつれて転倒し、路上に荷物が散乱した。

力が入らない両手で身体を起こして立ちあがると、膝から血が出ていた。自分の身体をずいぶん遠くに感じた。顔をあげると、暗い街なかにコンビニだけが煌々《こうこう》と光を放っていた。

学生証を落としたと気付いたのは、その日の夕方に警察から電話があったからだった。届けてくれた人に感謝しつつ、自分が道端に無様に転がっていたことを知られたようで消え入りたくなった。

その後、古閑に会うことはなかった。店はその夜限りで辞めた。それから数日後に古閑から電話がかかってきたときには青ざめた。もちろん出なかった。一体どんな神経なのか、不快で恐ろしかった。

古閑を恨んだが、それ以上に自己嫌悪に押しつぶされそうだった。誰にも相談できず、消し去った過去だ。

コンビニに着くと、まず品出し。出勤時間のラッシュまでに、おにぎりやパン、サンドウィッチに弁当、お茶類を手早く並べる。

無心でも良子の手は動く。しかしぼうっとしていると、久々に蘇ったあの記憶に取り込まれそうになるため、意識的に先ほど拾った社員証の顔写真に思いを巡らせていた。

朝刊が届く。今はプロ野球シーズンなので、スポーツ新聞がよく売れる。野球は未だによくわからない。家族は見ていなかったし、良子はスポーツ自体に興味をもったことがなかった。

ここ最近は、惑星難民X受け入れの件で、新聞から週刊誌まで連日特集を組んでおり、全般的な売れ行きも良い。ＳＦ／オカルト系雑誌の比重も一気に増えた。棚に並べながら、ショッキングなタイトルに目を走らせる。

日本にも惑星人がやってくるかもしれない——その可能性が高まると、対岸の火事として高みの見物を決め込んでいた世間の目つきも変わった。否定派、慎重派が増えたのも当たり前だろう。

だがアメリカの専門機関や、国際連合に新たに設立された宇宙通信局の最新調査によれば、惑星人は、他の種を攻撃するような凶暴性はないという。スキャン後はスキャン対象の種のルールに沿って生を全うするようにできており、元の姿には戻れない。人類にも友好的な高知能生命体であり、共存可能と結論付けていた。

良子自身では、惑星人について語られていることのうち、なにが正しいのか判断できない。ただ、自分の固定しきった日常が、否応なく変わる瞬間がくるかもしれない。そう思うと少しわくわくする。

昨年末に入ったバイトの女の子、ベトナム人のリエンが駐車場の掃除から戻ってきた。彼女は仕事に愚痴ひとつ言わない。正直なところ、当初はかなりあやふやな日本語で、仕事が務まるのかと懸念したものだが、ここ最近の上達ぶりには目を見張るものがあった。根が真面目で頑張り屋なのだろう。良子はリエンから溢れているひたむきさが好きだった。良子の気持ちを明るくしてくれる。

リエンは落とし物を拾ってきた。折り畳み式のナイフだった。

良子は思わず眉をひそめる。よく深夜に駐車場でたむろしている若者がいるので、そうした誰かが落としていったのだろう。しかし、ナイフとは穏やかではない。薄ら寒くなる。

今日の日付と、落ちていた場所、リエンの名前を付箋に書いてはり、事務所の机に置いておくようにと伝えた。

レジ横のホットスナックの仕込みをしている最中、突如社員証の女性に思い当たり、小さく「あッ」と声を漏らした。トングがすべり、危うくフランクフルトを一本無駄にするところだった。

時々ここで、切手を買っていく女性ではないか。コンビニの常連とまではいかないが、朝から切手を求めるお客さんは珍しいので、おそらく顔を覚えていたのだろう。

落としたのが昨夜だとすれば、やはりこの近くに住んでいるのだろうか。今朝このコンビニに寄るかもしれない、と良子は推測する。彼女を最後に見た日を懸命にたぐるが、とにかくずいぶん前だった。

今もロッカーのなか、良子のバッグに社員証は収まっている。本当はすぐに届け出たほうが親切かもしれなかったが、古閑のことを引きずっているうちにコンビニに着いてしまい、目の前には仕事が待っていたのだった。

もし会えたら、ちょうど良いじゃないか。ここに来るまでの道に落ちていましたよ、と手渡そう。

良子は無性に、どうして彼女が社員証を落としたのか知りたかった。どうしても自分の体験を重ねて考えてしまっている。もちろん面と向かって理由など尋ねられるわけではないが、彼女自身から、なにか説明があるかもしれない……

七時以降の通勤時間帯になると、とにかくレジ作業の手早さと正確さが必要となる。リエンはよくがんばっているが、長蛇の列を前にプレッシャーを感じない者のほうがまれだろう。時にミスが起きるのは当然で、フォローが必要になる。

この日もリエンのレジ前を頑として動かず、険しい表情でなにか言い募っているサラリーマンがいて、良子は横目にハラハラする。リエンは男にまっすぐに向き合い、謝っていた。良子に助けを求める視線を送ってはこないが、ヘルプに入るべきかと手を動かしながら思案していると、ようやく男が去った。

少なからず困った客には遭遇する。特に深夜と早朝だ。客のタイプは異なるが、いずれも平気で店員を怒鳴りつけ、当たり散らすことができるのは、不幸の印なんだろう。良子は、かわいそうな人、とすぐに忘れることにしている。特にここ数年は、善意ある市民面をしている人でも、ちょっとしたことで食って掛かってくる。いちいち心を砕いていては、こちらの身が持たない。

あっというまに三時間がすぎた。

良子は彼女が来店しないかと、怒濤《どとう》のレジラッシュの間も、チロチロンという入店音が鳴るたびにエントランスのほうへ首を伸ばしていたのだが、結局会えずじまいだった。

裏で着替えている間にも、今ここに立ち寄ってくれているのではないかと気が気でなかったが、結局この日の朝は現れなかったようだ。

仕事をあがる前に、廃棄にまわされる食品をサッと見繕って頂戴《ちょうだい》する。原則、持ち帰ることは禁止されていたが、オーナーに見つかりさえしなければいいだけの話だった。そして良子が働く日は、オーナーが安心して寝ていられる日なのだ。

良子の好きなあんぱんと、ねぎ味噌おにぎり。久しぶりにチャーハンおにぎりもいいかもしれない。そして彼の好きなコロッケパンにも手を伸ばす。

良子は、早朝の仕事の前と後では決まって、世界が入れ替わるという印象を受けた。たった三時間のうちに、決定的に変わる。夜から朝。静から動。しかしそんな単純な移り変わりだけではない、と思う。この感覚を誰かと共有して、そこに言葉を与えてみたい。

いつもならコンビニを出た後、明るくなった街をすぐさまアパートに引き返すところだが、今日は家とは反対の駅方面に歩き出す。昼になると不快指数は急上昇するが、今のところカラリとした初夏の日差しで、なかなか気持ちの良いものだった。路上の水痕も消え始めている。

駅前の交番に、社員証の落とし物を届けると、記入表を埋めるように指示された。「遺失者に対してあなたの氏名、または住所を告知することについて」といった問いがあり、しばし考え込んでしまう。ペンが動かずにいると、良子よりずっと若いお巡りさんが、丁寧に説明してくれた。財布など金品の遺失物に対しては、五〜二〇%の報労金がもらえるが、社員証なので、謝礼は本人の気持ち次第でしょう……

謝礼がほしくて、固まっていたのではない。理由を聞きたい、の一点だった。とはいえ、そのためだけに自分の連絡先を相手に知らせるのも変な話だ。彼女も気を遣ってしまうだろう。

結局、連絡先の告知はせず「落とし物に関する権利」も放棄する。ただ、彼女のもとに無事に社員証が戻ったかどうか知りたい、教えてもらうことは可能か、と聞くと、その際は警察から連絡がいくようにできるという。これで少し、安心した。

交番を出ると、もう九時近かった。やっとお役御免となって、ふぅっと息をつく。記入表だけでなく、警察側で必要な調書の作成に、意外と時間を取られてしまった。加えて、制服の警官に質問されるということ自体が、良子にとって予想以上の圧迫感だった。正確に言わねばと焦り、まごつく自分がいた。

駅に向かって押し寄せてくる人波を逆流し、ひとり家へと帰る。空腹を覚え、先ほどのあんぱんでも食べ歩きしようかと考えたが、さすがに我慢した。

仮眠後、彼から仕事の合間に家に寄れるかもと聞いていたので、良子はシャワーをあびておいた。けれど結局来なかった。

良子はこの種のちょっとした苦さを味わうことが多かった。デートに合わせて美容院に行ったり、下着を新調したり。それが意味をなさなかったときは、なぁんだ、と自分を笑うようにしている。

徒労とまでは言わないが、相手の都合で実現しなかった未来に投資して無駄にした時間やお金はかなりになる、と思う。しかし良子は良子で、お互いさま、という気持ちもあり文句も言わなかった。

若いころ、特に家を出て一人暮らしを始めてからは、男は道具のひとつという感覚に近かった。出かけるときは車を出してくれる、物が壊れれば直してくれる、買ってくれる。困ったら助けてくれる。男は生活のためにあれば便利だった。

付き合いはめんどうなことも多かったが、寄ってくればあえて断る必要もない。身体から入っても、よっぽど相性が悪くなければ、情は後からわいてくる。それが恋愛感情と呼べるものなのか、友情なのか、信頼なのか、はたまた惰性《だせい》なのか……大いに疑問ではあったが、突き詰める必要もなかった。

少なくとも一度ことが済めば、良子は相手の本気度とも、まして自分の感情とも関係なく、男に喜んでもらわねばと気を遣うようになる。もちろん見返りを求めたうえでだ。

良子は就職氷河期と呼ばれた時代、七十社以上の面接を受け、どうにか小さな食品加工会社に一般職として引っかかった。その会社は数年ぶりに一般職を採用したのだという。

ついていた。良かった。良子は雇ってもらえたことに感謝したが、面接もしてくれた五十代の上司に気に入られ、流されるままに不倫関係となったのは、入社して三ヵ月も経っていないころだった。その年の忘年会では、彼女に振られてヤケ酒した営業部の先輩男性を介抱するなかで、寂しいとすがられ関係をもってしまった。十人程度の小さな会社だ。関係がバレるまでにそう時間はかからなかった。

仕事を辞め、次の仕事先を見つける。もう正社員などとは言っていられない。そして新たな職場でも似たようなことが起きる。

自分の学習能力のなさにつくづく嫌気がさし、泥沼騒動のさなかに自殺を考えたことも一度や二度ではない。次こそは失敗しない、そう心に決めても、良子は男の誘いを断固として断ることができなかった。

逆にいえば男たちに、押し切れる、と思わせてしまう何かがあるのだった。情熱的に口説く者、泣き落としにかかる者、時には力を見せつけ脅すような者。男たちは押したり引いたりして、良子をものにしようとする。

良子は「好きだ」よりも「一度だけだ」という言葉に弱かった。付きまとわれる時間が長くなればなるほど、一度で済むならそれで終わりにしたい、と投げやりになってしまう弱さがあった。

失敗しないためには、男と関わりのない生活を送ることが最もシンプルな解決法だとわかってはいた。が、常に男がいる生活に慣れた後では、そう簡単なことではなかった。

ようやく男関係を清算し、踏ん切りをつけ、この家賃六万八千円の１Kアパートに越してきたのが四年前。当初はスーパーのレジ打ちなどをしていたが、意外にも人間関係が大変だった。主婦たちの悪気のないお節介は、良子にとって時に暴力的ですらあった。

一人のリズムと心の安定を守れる生活を目指し、早朝のコンビニと、午後の宝くじ売り場という掛け持ち労働パターンができたのは、この三年ほどである。

一人の生活に慣れてみると、男がいるときよりもずっと楽なように思えた。そう思うだけの修羅場を重ね、落ち着いたともいえる。これで良い。良子は慎ましく孤独な生活に満足していた。

しかし突然現れた彼の存在が、良子の穏やかな凪《なぎ》の日々にやわらかい風を運んだ。それは美しく、かけがえのないもののように思われた。良子が今まで誰にも抱き得なかった安心感、というものを、予期せぬ出会いが教えてくれたのだった。

その彼からの「やっぱりいけない、ごめん」というメールを恨めしく眺めながら、良子はコンビニおにぎりとサラダに、キャベツの味噌汁に卵を落としたものを作り足して昼食とした。

歯を磨いて化粧を直したら、すぐに隣駅のショッピングセンターへ向かう。天気が良ければ自転車で十五分、悪くても傘を差して歩いて四十分強で着く。バス代を支給されているが、往復分を浮かして、ささやかな収入にしているのだった。

食品スーパーの他、衣類や雑貨などの専門店、レストランも入ったショッピングセンターは、この界隈では大型店といえる。平日の昼間でもそれなりの賑わいだ。

一階、出入り口の近くに、良子の午後の居場所となる宝くじ売り場がある。今日の午前シフトは小林さんだった。良子より少し年嵩《としかさ》のとてもきっちりした女性で、引継ぎも明瞭なので助かる。なにか問題があれば几帳面さが伝わる小さく整った文字で、メモを残しておいてくれるのだった。

売り場の内部は小さく、金庫や宝くじの読み取り機器、パソコンなどを置いたらもういっぱいだ。閉所恐怖症の人には無理な仕事だろうが、良子は初めてこの席に座ったとき、自分が入ることでその空間がぴっちり満たされるという感覚に、恍惚《こうこつ》としたものだ。

人気《ひとけ》の少ない路上のボックス型宝くじ売り場は怖いが、施設内ではガードマンが巡回していて、常に人目もあるので安心だ。

良子は定位置にすっぽり収まると、防犯ガラスの向こう側を通りすぎていく買い物客を眺める。小さな空間に座り、気配を消して、人々の日常生活の一端が流れていくのを見送っていく。ベビーカーを押して歩く栗色に髪を染めた母親。子供の手も離れたのか井戸端会議に花を咲かせ、ドッと笑う主婦たち。パナマ帽がおしゃれな、ゆっくりとした歩みの初老の男性。

どれだけ熱心に見つめても、激しく瞬きをしても、彼らは良子になど目もくれず、存在し続ける。彼らの生活もまた、良子のあずかり知らぬところで存在し続けている。目の前を通りすぎていく人々の一日を、しっかりと根を張った生き方を、この小さな箱の中から夢想してみるのが良子の楽しみであった。

週に一度はおしゃべりに立ち寄る老人が、今日は珍しくロト6を一枚買ってくれた。自分の贔屓《ひいき》の野球チームが勝ったそうで、機嫌よく次から次に話を繰り出してくる。ひとしきりしゃべって息があがったのか、はぁ、と深く息をつくとニッコリ笑った。

「これ当たったらアンタにあげるね」

よく購入客から言われることだった。良子もにこっとする。

未だかつて本当に当選金をもらったことはないが、その場でポケットのなかの飴やガム、馬券をもらったことはある。それも窓口で当たりが換金できる五万円までの当選者だ。

今までに数回、高額当選者を見ているが、例外なく周囲を恐れるような素振りを見せ、真っ赤になるか、青ざめるかする。そして、心ここにあらずといった様子で立ち去り、もう二度と現れない。

女子高生三人組がやって来て、一人一枚ずつスクラッチを買ってキャイキャイとこすっている。売り場によっては十九歳未満への販売は自主規制しているところもあるらしいが、この店舗ではｔｏｔｏやＢＩＧといったスポーツくじ以外は販売している。良子自身も高校生の頃、スクラッチをした覚えがある。当たったためしはないが。

なにごとかという歓声が聞こえ、一人の女の子が踊るように戻ってくる。千円の当たり。

「おめでとうございます」

「ありがとうございます！」

素直な反応にこちらまで、良かったね、と声をかけたくなる。友達とおやつを買う程度のおこづかいにはなるだろう。

それからすぐ、線の細いサラリーマンが一直線に売り場に向かってきた。時計を見れば十六時。こんな半端な時間に外回りの合間をぬってきたのだろうか、それとも……良子は勝手に彼の仕事のことを心配してしまう。

「縦バラ一セットください」

最近よく頼まれる買い方だ。バラでありながら前後賞も狙えると人気で、ここでも対応するようになった。こちらが金額を言う前から、ピン札の一万円を出してきた。切れるようなピッとしたお札を受け取りながら、彼の本気も受け取る。三十枚のサマージャンボと千円のおつりを、祈りを込めて渡す。

「当たりますように」

店を閉める二十時間際になって、一枚の宝くじを握りしめて中高年の男性がやってきた。チノパンにサンダル履き、手入れされていない髪と髭《ひげ》。黒いポロシャツに、白いふけが散っている。

「これ」

売り場に近づいてきた瞬間から、これはまずいと直感していた。全体に憔悴した雰囲気だが、目だけ血走っている。

良子はひとまずくじを受け取り、機械にかける。当選番号とも照らしあわせる。一瞬ドキッとした。が、一億円当選の番号は、ひとつだけ数字が異なっている。

「残念ですが、当選番号はここが1でなくて、7ですね」

「そんなの知ってるよ。でももしかして、なんかの加減で数字が間違ったのかもしれないでしょ」

支離滅裂だが、男性は外れくじを受け取らない。良子はパフォーマンスとして、もう一度機械に通してみせた。

「やっぱりだめですね」

「あのね、これ当たればね、借金返せるかもしれないの。わかる？　これ人生かかってるの」

どれだけ断っても、強固に信じこんでいるのか、だんだんと声が大きくなり、言葉も乱暴になってくる。威嚇《いかく》のつもりか、単なる興奮からか、ガラス窓を叩かれた。良子もさすがにヒヤッとして、机の裏に設置されている警報器に手をかける。

「警察を呼んでお話ししましょうか」

精一杯冷静を装って良子が返すと、男はぎらついた目で良子を睨みつけ、猛烈な勢いで外れくじをひったくり、帰っていった。

このやり取りを少し離れて見ていたらしい買い物客のひとりが、売り場に近づいてきて、声をかけた。

「大丈夫でした？」

「はい、ありがとうございます」

良子は気丈にほほ笑んでみせた。しかし膝のうえで固く握った手の震えは、しばらく治まらなかった。


帰りは食品売り場を覗く。ちょうど総菜などが割引になり始める時間帯で、ありがたく利用させてもらっている。

彼からメッセージが届いていた。夜こそやってくるらしい。一人の食卓では豆腐や納豆ばかりなので、こういう機会に少し贅沢《ぜいたく》しようと思う。品の良さそうなカツオの柵が半額になっており、迷わずカゴに入れる。男一人暮らしで、生の魚はあまり食べないだろう。玉ねぎは家にあるから、ポン酢でさっぱり頂くことにしよう。主菜が決まったので、あとは冷蔵庫の残りと頭のなかで相談しながら、副菜を見繕っていく。

雨が続いていたが、今夜は久々に自転車で帰る。ママチャリの籠《かご》からは大根が飛び出ており、良子はこの様を見た誰かが、私を幸せな家庭の主婦と思うだろうか、と考えてみた。他人のことなど誰もかまっていないのだが、その思い付きは良子を心地よくさせた。

宝くじを売る仕事を、夢を売る仕事、という人もいる。しかし、先ほどのサラリーマンの切実さ、中高年男性の必死さを思い出すと、夢とは一体なにか、と考えずにはいられない。

自分にとっての夢は、最低限のことだ。夜道を、誰かと共にする、食卓のために帰る。こういうことなのだ。

誰にでもやらせる女。

だらしない女。

何度蔑《さげす》まれ、罵《ののし》られたか。良子の男性遍歴の一部を知り、イヤラシイんだねとほくそ笑み、舌なめずりする男もいたが、それは断じて違った。良子にとってセックスとは、男とある程度親しくなったら払わねばならない通行料だった。それを払ってはじめて、まともな関係が成り立つようになる。この通過儀礼に、面倒くささこそあれど、快楽などあるわけはなかった。

良子のうえを通過していった男の数は、両手両足を使っても数え切れない。この男好き、と軽蔑する者もあった。だが良子自身が、男好きなのかと自問すれば、好きではない、と思うから不思議だ。

それが今回の男だけは、違うのだ。結婚など大それたことは考えていないが、この男だけは大切にしなくてはならない。

　重いペダルを踏みしめ、生ぬるい空気を押し分けながら、良子は考える。今まで男に見下されて、良いように扱われてきたのは、自分もまた内心で男を馬鹿にしていたからに他ならない。

　女からは、憎まれた。友達と呼べるような親しい人はいない。

　こんな寂しい人間だと彼が知ったら……彼の哀しむ顔が心に浮かび、それを打ち消すために、ペダルに力を込めた。


　家に帰り、電気をつける。整理整頓が行き届いた部屋でなければ良子は自分の家という気がしない。モノトーンの清潔で質素な部屋のなかで、今朝、机に置きっぱなしにした交番の書類だけが、違和感を放っていた。「拾得物件預り書」という、もののしい立派な紙。透明なクリアファイルを探してから、その書類を最初から最後まで、もう一度読み直した。

　彼女が社員証を落としたのは……再び良子は妄想を膨らませる。

　きっと深夜まで働き詰めで、終電で帰宅したのだろう。いや、終電すら逃してタクシーということも十分あり得る。疲れきった状態で携帯をいじって歩いていたら、なにかにつまずいてしまったのかも。高いヒールを履いていたに違いない。オーバーワークによる注意力散漫、といったところが原因とみた。

とにかく私が学生証を落としたときとは全く違う理由だろう。あの子は美しくて賢くて、私のような愚かな人間の存在は信じられないだろう。今もピカピカの大きなビルで、男性と対等にバリバリと働いているのだろう。

良子は書類を大切にしまい、台所に立つ。夕飯の準備をしながら、今度はあの自称実業家のことを考えた。あの事件の後、良子は古閑を好きになろうとしていた。好きだったから、あんなふうに酔っぱらってしまったのだ。古閑も良子のことが好きだったから、我慢できなくなってしまったのだ。両想いゆえのことで、それがいびつな形になっただけ。好きだったから、何も傷ついていない。好きだったから、平気。

好きだったのだから……

カットわかめが水を張ったボールのなかで、ゆるゆるほぐれて膨らんでいくのを見つめながら、良子にも溢れてくるものがあった。

何人もの男と寝てきたではないか。名前も覚えていない、すれ違っただけのような男もいるではないか。古閑とは楽しい時間をすごしていたではないか。助けてもらったではないか。なぜ古閑のことでいつまでも苦しまなくてはならないのだ。

良子はカツオに添える玉ねぎをスライスする。静かに涙が流れた。

つい最近、コンビニで返本した週刊誌のなかに「性的同意」という言葉を見かけて、ビクッとした。良子は初めて知った言葉で、しばらく胸がざわついたが、昔からあったのだろうか。

セクハラに、DVに、性的搾取に声をあげ、世間のバッシングにひるまず発言をしている女性たちを見ることが増えた。眩《まぶ》しい思いで応援すると同時に、後ろ暗い気持ちになるのもまた事実だった。当事者で声をあげない女性も悪いのだ、と指を突き付けられているようで、息苦しくなる。

意見を主張できる女性は偉い。強い。しかし良子は自分がくだらない、弱い人間であると諦めていた。同じ女性というカテゴリにも様々な人間がいるのだと言いたい。自分のような人間が、ささやかに、ひっそりと、物言わず生きることを赦してほしい。

エプロンの端で涙をぬぐい、カツオの表面をごま油で焼いていく。

予告していた二十一時半を少しまわったころ、彼がやってきた。笹憲太郎《ささけんたろう》。良子より一回り下の三十三歳だったが、無精《ぶしょう》ひげが背伸びして生やしているように見えてしまう童顔だった。更に約一六〇センチと小柄なため、週刊誌の記者をやっていても貫禄がなく、取材相手に舐められるとぼやいている。新人と現場に向かっても、十中八九、下っ端扱いされるのは自分だというので、良子は笑ってしまう。記者には珍しいタイプなのかもしれない。

良子はそんな笹のもつ柔らかい雰囲気に和むのだった。今まで良子を引っ張ってきた男は大抵マッチョなタイプだったこともあり、新鮮だった。

笹は出会った頃からいつも忙しそうにしていて、暇という概念を知らないようだった。一週間会えなかった間に、クリッとした目の下に濃い隈ができていて心配になる。だが、腹減ったぁ、の元気そうな声に安心した。

「ご飯できてるよ」

「待っててくれたの？　先に食べてよかったのに」

良子はいそいそと、色違いの茶碗に炊き立てのご飯を盛る。百円ショップで買ったものだが、笹の少し大ぶりな茶碗には青いうさぎ、良子の小ぶりなほうにはピンクのうさぎが跳ねていてかわいらしい。一目で気に入った。箸は笹のぶんだけ買い足した。

「あぁ、俺カツオ好きなんだよ。ありがとう。久しぶりに飯がうまいわ。ありがとう」

笹は清々《すがすが》しいほどの食欲を見せつけて、器用に食べながら、話す。

「前に話してた企画さ、あれポシャっちゃった。悔しいな」

「芸能人の不倫とか不祥事とか、ホントどうでもよくない？」

「もっと語られるべきことが、どうして話題にならないんだろ」

「攻める記事書けとか言いながら、結局上も日和《ひよ》ってんだよな」

次から次へと飛ぶ話題に頷きながら、良子はもう一品なにかを追加しよう、と思案していた。今朝もらってきて、冷蔵庫で忘れられていたコロッケパンの存在を思い出すと、コロッケだけ抜き取って温め、キャベツの千切りを添える。笹はペロッと平らげた。

「今はどのニュースでも、惑星人、惑星人でしょ。うちでは次、スキャン能力について特集する予定なんだけど、良子さんが特に興味あるのってどういう点？」

良子は男から「さん付け」で呼ばれることに慣れていない。ずっと呼び捨てか、おまえ、だった。今も少しくすぐったいが、決して嫌ではない。

「スキャンって、知識だけじゃなくて、考え方とかもなんでしょ？　それって、どういうふうにデータを用意するのかな」

「ＡＩとかロボットにも、思考回路が組み込めるから、そういうやり方をベースにするんじゃないかな。あとは例のマル秘研修で実習形式で補っていくんじゃないかと思うけど。うん、でも確かに気になるね。他には？」

良子は大根サラダをつまみながら考える。

「せっかくならスキャンデータは日本人の『平均』じゃなくて、優秀な人たちを基にすればいいと思うんだけど」

笹は口をひんまげて鼻で笑った。否定。良子は笹のこの癖だけは、好きになれそうにない。どうしてそんな醜《みにく》い顔をするのだろう。

「でも頭のイイ人たちが多いほうがいいでしょ」

良子は説き伏せられることはわかっていても、付け足した。案の定、笹はすぐに論破しにかかった。

「それさ、けっこう言われるけど、よく考えてみなよ。すごい危険だと思わない？　仮に第一線で活躍しているデキる人たちからデータをもらってきて、ミックスしてスキャンさせるとする。そうしたら惑星難民はエリート集団ってことになるよね」

笹は間をおいて、良子が頷くのを促す。その間に素早く食べる。

「そのエリート集団が皆、世の中を動かすような力を持つポストに就いたら？　気づいたら日本の仕組みとか経済とか、憲法だって惑星人に都合よく変えられちゃうかもしれない」

ぐうの音も出ない良子を満足そうに眺めながら、笹は二本目の発泡酒のプルタブに指をかけた。

「だいたい、惑星難民の平均が日本人の平均より優秀だってのは、フェアじゃないよ。努力もしないで優秀になれるなんてさ。本来、日本人の平均ってのもデキすぎなくらいだと、俺は思うよ」

それに、と笹は饒舌に続ける。曰く――

惑星生物のＩＱは既にとても高いという報告がある。スキャン後に日本人平均となったとして、元々保有していたほうのＩＱはどうなるのか？

例えば、地球と惑星Ｘの物質を掛け合わせて武器を作る。こういう発想は、惑星Ｘ

を知らない地球人からは出てこない。同様に、地球ではまだ生まれていない技術も惑星Xにはあるかもしれないが、地球人には知る由もない。

もし惑星Xとの通信手段などを隠していたら、地球の情報が、惑星Xに垂れ流される可能性がある。そしてふたつの惑星の知識を掛け合わせることに、惑星人だけが成功する、ということも。

この点をもっと議論するべきであり、現状では惑星難民を受け入れるなんて危険極まりない。政府が特殊ＩＣチップを埋め込むだけでコントロール可能と思っているとしたら、甘すぎる。もちろん公にしない管理方法も用意しているのだろうが、一度社会に出た惑星難民は日本人と見分けがつかない。コミュニティの内側から人々を扇動して、クーデターを起こすなど造作もないだろう。

「とどのつまりは、受け入れなんて無理って話なんだよ」

そうかな……

良子は皿を片付けながら、どん詰まりの国を、地球を、惑星人が変えてくれるかもしれない、と根拠なく期待する気持ちを捨てきれない。環境破壊やらなにやら、とにかく問題は山積みで、地球の寿命だって縮んでいる一方だという。傾いた会社を立て直すために、起死回生にかけて外部から人を招きいれるとはよく聞く話だ。超優秀な惑星難民、大いに結構ではないか。

良子は、自分のような人間が増えても良いことはない、と信じていた。もっとも私は「平均以下」だから論外だろう、という自嘲的な気持ちもあるのだが。

しかし笹には言わないでおく。言い負かされることはわかっている。彼と議論したいわけではないのだ。ただ、笑いかけてほしい。初めて会った五ヵ月前、あの宝くじを当てたときみたいに。

「こんな大金当てたの、初めてなんですよ」

一万円。笹は素直な喜びを良子に向けた。あどけなさすら感じる笑顔を受けて、換金する良子もまた幸せを感じた。

大金という一万円で、彼が買うものはなんだろう。やっぱり洋服かな。携帯や電気製品のなんちゃらとか、男の子は好きかな。

穏和な雰囲気をもつ笹が、その日はずっと殺伐としていた宝くじ売り場に、優しいものを残してくれた。

良子が売り場を閉め、食品売り場を回遊していると、笹が割引になったつまみに手を伸ばしているところに遭遇してしまった。ハッとして良子は視線を外した。男はこういう所帯じみたところを見られるのを嫌うに決まっている。

しかし笹は良子に近づいてきた。まともに顔を見られず、困惑して視線を落とすと、笹のカゴには缶チューハイが数本入っていた。

「さっきはどうも」

笹は気恥ずかし気に、含み笑いで良子を見た。

「実はちょっとした大金があるんですけど、使い道に困ってて」

良子は居酒屋に誘われた。一万円を共に使うことになるとは。先ほどの想像が全て外れた。嬉しかった。

その夜は笹が自分の仕事を語り、良子も聞かれたら自分の話をした。あっさりと帰ろうとする笹に、速いテンポの関係になれている良子は若干不安を感じたほどだった。笹は手を挙げた。

「それじゃ、また」

ゆっくりと、お互いが近づいていった。良子がずっと憧れてきた自然な恋愛というのは、こういうことではないだろうか。

お互い、昔のことはあまり話さなかった。良子の直感だが、笹もそれを恐れているような気がする。気にならないと言えば嘘になるが、良子は自分の過去を語らないですむなら、笹がどう生きてきたかなど知らなくてかまわない。

笹が唯一話したのは、物心ついたときから祖父母の家に預けられていて、両親のことを全く知らない、ということだった。自分には祖父母が妙によそよそしく感じられ、お父さん、お母さんのいる普通の家庭が羨ましかった、と無理に明るく笑った。

そのせいか、笹はよく良子の家族の話を聞きたがった。特に良子の父親がどんな人だったのかと事あるごとに尋ねた。

「普通のおじさんだよ。中肉中背で、眼鏡で、平凡な。どんな顔だったか印象が薄くてすぐ忘れられちゃう感じ」

「ひどいなそれ」

「だって本当だもの。でも、そうだな。髪は真っ白なんだよね。ほとんど毎日コンビニで働いてて、きっとストレスもあったと思う。もう引退したけど、やっぱりあれはかわいそうだったな……」

「良子さんには優しかった?」

「うん。心配性で口うるさいとこもあるけど。考えてみれば一緒にすごした時間もあんまりないの。でも、顔見れば安心できたかな」

　笹は二本目の発泡酒を飲み終え、皿洗いをする良子の背に声をかけた。

「そういえば良子さん、夏休みとかあるの？」

「特に考えてないかな。シフト制だからなんとでもなるけど」

「実家、戻ったりしないの？」

「別に。あえて夏じゃなくてもいいし」

　良子が洗い物をしていると、セミロングの髪が顔に落ちてきて邪魔だった。濡れた手を使わず、肩で頬をこするようにして、髪をどけようとすると、笹が立ちあがって良子の髪を優しく束ねた。笹が良子の黒髪をゆっくりと撫《な》でるように、指で梳《す》く。獣同士の蚤《のみ》取りのようでおかしい。良子は笹の愛おしみを感じながらも、わずかに白髪が混じり始めていることが気になってしまい、洗い物を手早く切り上げて、身をよじって逃げる。

「ありがとう、もう大丈夫」

「良子さんのご両親に、会ってみたいな」

　笹の突然の言葉に、良子は息が止まるほどの衝撃を覚えた。

「え、でも」

なんで？　と言ったら、なにか決定的なことが起きてしまいそうで、良子は言葉を継げない。

「ほら俺、家庭ってのに憧れがあるからさ。良子さんのお父さん、すごい優しそうだし。オヤジって感じじゃないかもしれないけど」

笹のおどけた口調に、こわばっていた良子の顔もゆるむ。

「実はね、こんなこと言うと嫌かもしれないけど、最近気づいたんだ。ケンさん、お父さんとちょっと雰囲気が似てるなって」

良子の言葉に、笹は丸い目をますます大きく見開いた。それほど驚くと思わなかったので、良子は気を悪くしたかと慌てる。

「いや、ケンさんを平凡って言ってるんじゃないよ。見た目は全然違うよ？　ただ、空気っていうのかな。うまく言えないんだけど、一緒にいると安心できて。でも、それだけじゃなくて……」

良子の要領を得ない言葉に、笹は首をひねって苦笑した。

笹がシャワーを浴びている間、良子は部屋の中央にぼんやりと立ち尽くしていた。

先ほど唐突に始まり、宙ぶらりんに終わった会話を思い出す。

恋人が家族の話をするのは、結婚を意識しているから、とよく聞く。しかし笹に限っては境遇のこともあり、当てはまらないと良子は考えてきた。そう考えるようにしていた。第一、自分は十歳以上年上なのだ。しかし、両親に会いたい、とまで言うのは、やはり将来を考えているとみて良いのだろうか。

野心ある笹からすれば、良子は向上心のかけらもない、バイトで食いつなぐ負け組のおばさんであろう。良子に染みついてしまった低い自己評価は、冷静でシビアで、揺るぎなかった。

だが昼夜問わず仕事をしたり、人の気持ちに踏み入って自分の心を壊すようなストレスもない。笹よりもよっぽど人間的な生活をしている、という自負もあった。

結局は異なる世界の人間であって、今はたまたま一緒にいるだけ。刹那的な関係のうえに築かれた、砂漠のなかでみる蜃気楼《しんきろう》のような幸せ。そう認識しているぶん、会える時間を愛おしんだ。

良子は発泡酒をコップに注ぎ、缶に残した分にはピッチリとラップをかけて冷蔵庫に戻す。明日には気が抜けてしまうだろうが、今から一本は飲み切れない。だがどうしても飲みたい気分だった。

結婚を申し込まれたら、嬉しいだろうか。嬉しいはずだが、よくわからない。笹は家族に憧れがあるという。良子にだってあるが、それを自分のものとしたいか、という点で異なるのだった。良子は結婚とは無縁であると信じ込んできた。子供を作ることも恐ろしい。

なにより、良子の心に重くのしかかるものがあった。

結婚するとなれば、過去のことも話さねばならない。黙っていることもできるが、良子自身がそれに耐えきれそうにない。

過去は事実として残ることに、消えないことに、気が狂いそうだった。全て知っても、笹は自分を受け入れてくれるのだろうか。

もし結婚したとして……良子はなお疑心暗鬼に落ちていく。

過去のことで責められたら。

笹が若い女を作ったら。

別れよう、と言われたら。

良子は全てしょうがない、と思うだろう。今まで流されてきたように、頷いてしまうだろう。

シャワーの音が止む。良子は現実に戻り、発泡酒をグッと飲みきると、コップを流しに置く。笹は疲れているから、すぐに横になるだろう。ベッドを整えておかなくては。

明日も早い。良子はすぐ出られるように、着ていく服と荷物を準備しておく。笹はやはり、横になってすぐ眠りに落ちた。セックスがなくても大丈夫な関係というのは、安心できるものだ。

抽斗から「拾得物件預り書」を取り出す。警察から連絡が来る前に、もし彼女がコンビニに現れたら、社員証のことを教えてあげようと考える。だが、持ち主に無事戻されました、と連絡が来た後、彼女が現れたら？

「あの社員証、私が届けたんですよ」

恩着せがましい。

「良かったですね、実は気になっていて」

気持ち悪がられるだろうか。だがもしかして……良子は再び妄想を広げる。これが縁で、彼女と話せたりするだろうか？　「お礼を」と言われたら、どうしよう？

彼女はおそらくこの近くに住んでいるのだから、駅の向こう側にできた新しいカフェに一緒に行ってみたい。ひとりだと入りにくい、ガラス張りのおしゃれなお店。木目調が暖かで、ポトスが吊るされていて、いつ店の前を通っても中にいるのは素敵な人ばかり。カフェメニューに目をやると、カプチーノが六百円くらいして驚いた。この田舎《いなか》で！　だが、東京で生き抜く彼女となら、勇気を出せるだろう。それに、ブレンドならもっと安かったはずだ。

良子は、彼女の顔を思い出そうとする。勝気そうな眼の印象だけは残っているが、もう輪郭が危うくなっている。でもまた会えれば、きっとすぐにわかるだろう。存在しないかもしれない未来のために、嬉しくなったり不安になったりするのはやめよう。そういう無駄な時間は懲り懲りだ。良子はいつもそのように自戒する。だが妄想が良子の生活を支え、現実を補強していることを自覚していなかった。

笹を起こさないよう衣擦れの音にも注意しながら、良子はベッドの端にひっそりと身体を横たえる。酒のせいか身体も頭も、ひどく熱を帯びているように感じた。眼が冴えている。だが眠らなければ。なにしろ明日も早いのだから。

今日は大変な一日だった。

心の内でつぶやく。興奮のなか、良子は目を閉じる。

〈グエン・チー・リエンの恋〉


――逆に出しちゃうより、良かったって。

気にすんなよ、とグエン・チー・リエンは励まされた。ぶどうサワーを頼まれたが、ぶどうジュースを出してしまったのだ。酒が飲めない人に、酒を出してしまうよりいい、という意味でフォローをしてくれたらしいが、リエンは久しぶりにオーダーミスをしてしまったことが心から悔しかった。

――これだからガイジンってのは……

この暑いのに、ネクタイを締めた四十代らしいサラリーマングループは、頭を下げるリエンを前に、さも忌々《いまいま》し気に「ガイジン」について口から泡を飛ばす勢いでこき下ろし始めた。

――ああいうのホントむかつく。うちら言い返せないの知っててさ。けど上司の前だとペコペコしてるんだよ、絶対。

それを見ていた別のバイト仲間も息巻いて、リエンを擁護する。

致命的ではない凡ミスといえたが、リエンが間違えることと、日本人の同僚が間違えることとは、違う意味をもって受け取られることがほとんどだった。

優しい仲間に恵まれたことを感謝しつつも、ちょっとしたことで感じてしまう疎外感、屈折した思いはどうしようもなかった。

リエンは昨年、留学生として日本にやってきた。ベトナムを離れる日は、どうしても涙が溢れた。未知の世界が怖いわけではない。日本留学体験者の話もずいぶん聞いてきた。辛いのは家族とこれから何年も離れ離れになる、という事実だった。

日本留学を仲介する斡旋業者に支払った渡航費用は、両親の稼ぎに二人の兄の給料を足しても、到底追いつかない額だった。外国に渡る者は、少なくともリエンの村の周りでは、金貸しに頼るのが常だ。借りた金を返すのは当然のこと、かけた元手以上に増やすまでは帰れない……皆そう意気込んで国を後にするのだった。

――辛いときこそ、笑うんだよ。

リエンの手を握り、噛んで含めるように、母は言った。あのときの涙目の母のほほ笑みを想うと、リエンはもう泣きそうだ。もともと涙もろかったが、日本では「いつでも笑顔」を信条にやってきた。

日本語学校に通いながら、コンビニの早朝バイトと、夜は居酒屋のバイトをしている。大学進学を目指しているが、具体的な未来を描けているわけではなかった。いつも目の前のことに必死で、先のことを深く考える余裕がなかった。今は十一月に日本留学試験、という大きな目標がある。ここで良い成績を出せないことには進学もままならず、日本滞在期間を延ばせないだろう。未来を選ぶこともできないというわけだ。

生き抜くために言語はもちろん必要だったが、お金も必要だった。国への仕送り、つまり借金返済のためにバイトを増やすことはしても、減らすことはできなかった。外国人留学生の労働は、週二十八時間までと決められているらしいが、リエンの周りでそれ以下しか働かないという者は皆無に等しい。

二十三時には店を閉め、皆で賄いを食べる。ビールもコップ一杯まで飲んで良いのだが、十九歳のリエンは遠慮する。好物の甘辛味の鶏肉炒めに力をもらう。同僚の女性たちは、この時間は太る、とあまり食べないが、リエンはご飯も山盛りにして頂く。

リエンが電車に乗って家に帰ると、零時半を回っている。ルームメイトのなかにはもう寝ている者もいる。リエンも帰ったらすぐシャワーを浴び、歯を磨き、ばったりと眠りに落ちるのだった。

東京へのアクセスもそれなりにいい郊外のワンルームアパートを、四人でシェアしていた。寮で生活をする留学生もいたが、寮は規則が厳しく、バイトに出る時間がない。なにより高い。

以前は男三人、女二人の計五人だったが、先月、リエンと寄り添うように寝ていた同性のミーが消えた。ミーの熱い肌からは、蘭《らん》のような甘い体臭がした。リエンは女性の神秘に触れたような思いで、妙に気恥ずかしかったものだ。慣れるまでに時間はかからなかったが、ミーはどこか仇っぽい雰囲気をもった子だった。

ようやく吸える酸素が少し増えた、と喜ぶ者もあったが、それも束の間、来週から新たなルームメイトがやってくることが決まった。また男らしい。女一人となると肩身が狭い。男性陣には気を遣ってもらっていたが、リエンは自分の居場所が削られていくような心細さに、ため息をつく。

室内に洗濯紐を渡して薄布をかけ、部屋の角を切り取るように仕切った空間が、リエンの部屋だ。すぐ横で眠る男の寝息が聞こえてくるが、これももう慣れた。

リエンは横になり、ミーのことを考えた。今日みたいなミスがあったら、ミーは抱きしめて励ましてくれただろう。彼女はとても優しかった。そしてとてもまじめだった。こちらに来たばかりで日本語もままならなかったリエンは、日本滞在二年目のミーにどれだけ助けられたかわからない。

――服でも化粧品でも、なんでも使っていいよ。でも下着と歯ブラシだけは自分で買いなさい。

そう言って、妹のようにかわいがってくれた。ミーはネイルの専門学校に入ると宣言していた。日本語の語彙も豊富で、次は日本語能力試験のN2を受けると張り切って勉強していた。

ミーに変化があったのは半年ほど前からだ。帰ってこない日が週に一日、二日……と少しずつ増えていった。リエンが問いただしても納得できるような返事はなく、いつも曖昧にされてしまった。

心配するルームメイトに対しても、突っぱねる態度で相手にせず、口論が増えていき、やがてそれさえなくなった。

化粧も身なりもだんだん派手になっていった。ただでさえ大人びていたのに、飾り立てるほど老け込んでいくことに気付かなかったのだろうか。だが口を開けば、いつもの努力家のミーであることが、リエンをよりもの悲しい気持ちにさせた。

ワンルームに持ち寄れる各自の荷物は、スーツケースひとつが限度だ。そしてある日、誰の目にも触れず、ミーのスーツケースがなくなっていた。代わりにミーの合鍵が、ピザのチラシに包まれて、ポストに投げ込まれていた。

ミーと衝突の多かったルームメイトは、彼女がいなくなって清々した、と鼻息を荒くした。割り勘分の家賃を気にする者もあった。

ミーのことを心配する者は、リエンだけだった。

電話は繋がらず、メールの返信もない。勇気を出してミーの通う日本語学校に行き、窓口を訪れた。

――もうずっと姿を見ていない。辞めたと思っていた。

リエンは途方にくれた。ミーが身を寄せていそうな場所をひとつも思いつかないことが情けなかった。なにより、こうなる前に一言の相談もされなかったことに、自身の無力を感じ呆然《ぼうぜん》とした。

――困ったことがあれば、なんでも言ってね。

ミーはリエンに、そう声をかけてくれたではないか。リエンは鼻がツンとして、慌てて指でこする。

ミーは今、どこにいるのか。なにをしているのか。悪い想像が広がりそうになると、日本語検定を受けていますように、と強く願う。絶対に合格できるはずだ。ミーは誰よりがんばり屋なのだから。

眠りの世界に入りかけていたリエンは、枕もとの携帯がぽっと光ったことに気付く。彼からの返信に違いない。確認しようと腕を伸ばすが、もう睡魔に襲われて、抗うことはできなかった。


早朝のコンビニは、良子と一緒であれば心穏やかに働けた。良子はベテランで落ち着きがあり、頼りになる。社員かと思ったら、リエンと同じバイトだというので驚いた。身振り手振りを交えて仕事を教えるのがうまく、リエンは良子から多くの作業を学んだ。

しかしオーナーとあたると辛い。一度やってみせたら覚えろ、と言い、ちょっともたつくとピリピリして怒り出すのだった。質問したくても萎縮してしまい、言葉がうまく出なくなる。

「なに言ってるかわかんねー」

このセリフが、リエンには最も応えた。ますます話せなくなる。悔しいので、必要な言葉や業務はメモして覚える。オーナーはそのメモさえも「なにやってんだ」と怒鳴るのだが。

この日はオーナーと二人シフトだったので、四時半の薄暗い街を歩きながら、辿りつかなければいい、と詮《せん》無いことを考えてしまう。

——お疲れ！　明日、家にきなよ。

昨夜読み逃した彼の返信を、もう何度も読み返した。いま返信しても起こしてしまうかもしれない。コンビニの仕事の後、返そう。それを楽しみに乗り切ろうと、リエンは自分に活を入れる。

オーナーと入ると、期限切れの食べ物がもらえないのも哀しかった。良子はナイショね、と自身でも持ち帰り、リエンにもくれた。まだ食べられるものが捨てられるのを見ると辛い。理解できない。捨てるくらいなら、くれ、とやるせない気持ちになるのだった。

バイトは八時に終わり、九時から十二時半が日本語学校だ。様々なクラスがあるが、リエンは大学進学を目指す二年のコースに通っている。この学校にはベトナム人留学生が多く、心強かった。ネパールやミャンマーからきた学生たちとも友達になった。それぞれに事情を背負ってやってきている。お互いを励まし合えるのも、学校の良いところだと、リエンは思う。

昨年のクラスの先生は熱心で、教え方も上手だった。年配で少し猫背で、リエンの祖母を彷彿《ほうふつ》とさせるものがあった。学生から質問があがれば根気よく説明してくれ、宿題以外にも自主的に日記や感想文を書いていけば、喜んで添削してくれた。

今年の若い女性の先生は、午前午後とみっちり授業を担当しているから、疲れていてやる気が出ない、と皆の前で平気で言う。学生たちの本気を感じられないから、張り合いがない、とも言った。それを繰り返し言われるこちら側の身にもなってほしい。一ヵ月もすればクラスの士気はがくんと落ちた。来なくなった子もいる。

確かに今年入学してきた一年生のクラス数は、去年の自分たちのクラス数の倍になっていた。受け入れ側の負担、先生の苦労は並大抵ではないであろうと察するが、それはあくまで運営の問題である。授業の質が落ちることが、リエンは残念で口惜しい。

七月の日本語能力試験はＮ３を受けたが、自己判定はギリギリだった。もっと勉強しなくては、日本留学試験も危うい。去年は惨敗だったが受験料もばかにならないため、六月は受験せずに十一月に勝負をかけることにしたのだ。リエンには焦りがある。

――日本人の友達を作るのが、日本語上達への一番の近道。

ミーにそう言われたとき、リエンはそんな簡単なことで、と思った。だが日本人の友達を作るのは、想像の十倍は難しかった。日本語ができなければ、日本人の友達もできないのだ。

他の国から来た人とは、拙い英語でもコミュニケーションが取れたが、日本人は完璧主義なのか、ブロークンで話すことを好まないようだった。日本人は優しくて、すぐ友達になれると思っていたが、微笑の裏にある壁は高くて厚いらしいと徐々に気付き始めた。

リエンは日本語が下手でも友達を作る手段として、まずはベトナム語を学ぶ日本人との交流カフェに顔を出した。しかし参加者の九割がベトナム人だったため、一握りの日本人を取り合うような状態で、全く交流できないまま終わった。

次は、このカフェで勧められた「友達を作るアプリ」に登録してみた。たくさんの日本人男性から連絡がきた。自分の父親より年上の人も少なくなかった。いわゆる出会い系のようなものだが、たまにまじめそうな人もいた。

異国での暮らしを心配し、親身になってアドバイスを送ってくれた一人と会うことにした。きちんとした身なりの穏やかそうな男だったが、目を細めて笑うと、なにか爬虫類めいた気味の悪さがあって、リエンはカフェで向かい合っていても落ち着かなかった。

——安心して稼げる、良いバイトがあるから紹介するよ。

男は裏に車を止めている、と言った。怖くなって、逃げ帰った。


今日の授業は漢字のプリントが配られ、実質的な自習だった。先生は頰杖をついて窓の外を眺めていた。半開きの口が痛々しい。

リエンもオーナーとの早朝バイトで肉体的にも精神的にも疲弊していたので、マイペースに机に向かえるのはありがたかった。漢字の勉強も好きだ。熟語や同じ音の漢字を合わせて調べるなど、始めは自分なりに工夫して進めていたが、ふぅっとまぶたが落ちた。眠っていたのは僅かな時間だったと思うが、全身がビクンと跳ねて我に返る。顔をあげると先生と視線が合い、決まり悪かった。

——こういうのが、先生の愚痴になるんだ。

クラスメイトにも申し訳なく思って周りを見渡すと、やはり半数ほどが目を閉じ、うつらうつらとしていた。

授業が終わって席を立ったところ、ダオに呼び止められた。夏休みに京都に行かないか、という誘いだった。リエンは東京とその近郊しか知らない。旅行に行った友達の話を、いつも羨ましく聞いていた。京都や奈良はお寺があって、大阪は賑やかで、関西地方というのは関東とは異なる文化でおもしろいらしい。

しかし旅行はお金がかかる。バイトも休めない。声をかけられた瞬間、行きたい、と思ったが断った。では近場で伊豆や箱根あたりに一泊ならどうか、とダオは食い下がる。どうしても夏に出かけたいらしい。それほど親しくもないリエンを誘うのは、他の友達に断られたからに違いない。

ちょっと考えてみる、と保留して学校を出た。おそらく断ることになるのはわかっていたが、出かけたい気持ちはリエンにもある。

ダオはベトナムでも裕福な家のお嬢さんだった。この留学の後は、フランスに留学することも考えていると言われて度肝を抜かれた。しかしダオのような留学生はごく一部だ。実質は出稼ぎに来ただけの学生もいて、そういう子はすぐに学校に来なくなる。

あれは一年生の頃、ゴールデンウィークに入る直前だった。リエンはクラスメイトに、昼食代を貸してくれないか、と言われて五百円を渡した。連休明けに返す、と言われたので、いつでもいいよ、と返事をした。そして彼は二度と学校に姿を見せなかった。

少額ではあったが、リエンは自分の甘さを呪った。誰にも絶対にお金を貸したりしない、と心に決めるには十分な出来事だった。

リエンに日本留学を決意させたのは、又従兄《またいとこ》のロンの存在が大きい。ロンは日本で理工系の大学院まで出て日本で就職した後、ハノイの日系企業に転職し、現地に戻った。親族の誇りである。

ロンはリエンより八歳上で、リエンが物心ついたときには既に「小さな大人」という印象を抱かせる聡明な子供だった。プライドは高かったが、それに見合うだけの実力があるから仕方ない、と大人は苦笑しつつ、内心では誇らしく思っていたはずだ。

リエンは、ロンの自分への厳しさを尊敬していた。

リエンが日本に発つ前、ロンが椰子の実を手に激励に来てくれた。器用に穴をあけてストローを刺し、砂埃のたつ庭で並んで飲んだ。

——とにかく勉強しろ。

ロンは口酸っぱく繰り返した。まじめに勉強していれば、必ず道が開ける。東京は都会だ。誘惑も多い。だが遊びほうけたりアルバイトに明け暮れたりと、学業を疎かにしてしまえば滞在許可は更新できず、渡航費用の借金返済のめども立たないまま戻ってくることになる。目先の楽しみやお金の心配から、将来を棒に振るようなまねだけはするな、と釘をさされた。

リエンは、そうは言ってもお金は切実な問題だ、と反論したくもあったが、ロンの強い瞳の前では何も言えなかった。クールに見えたロンが、これほど情の深いひとだとは知らなかった。

日本に行く準備のために通った学校では、夢を持った仲間ばかりだった。意気揚々と額をあげ、明るい未来を疑わずに邁進する。リエン自身もまた、私はがんばりぬける強い人間だ、と信じていた。

だがいざ東京に出てくると、そのモダンさ、清潔さ、過剰さ、音、色、匂い、全てに目を見開くばかりで、たちまち自分を見失いそうになった。ベトナムで危なっかしい留学生が多いと聞いていたときは、自分には関係ない話だと思っていたが、今ではよくわかる。

リエンは勉強を投げ出したくなるたびに、ロンの教えを、あの瞳を、椰子の実のうすあまい汁の味を思い出すことにしている。


普段は家に帰って適当に自炊をするが、今日は彼の家に向かう。昼ごはんに買い物が必要かとメールをしていたのだが、返事がなかった。まだ寝ているのだろう。

学校から三十分ほどで彼の家の最寄り駅。商店街をまっすぐ進み、店がなくなってもまだ歩く。二十分ほどして、ようやく彼の住むアパートが見えてくる。煤《すす》けたコンクリートの壁にアパートの名前が書いてあるが、一部は剝がれ落ちてしまっていた。あ、とリエンは思う。名前の最後に「荘」という字が使われていた。今日習ったはずだ、とプリントを引っ張り出して確かめる。先ほど既視感があったのは、ここで目にしていたからか。


チャイムを押してしばらく待つ。リエンはその間に、長いまっすぐな黒髪を整え、スカートの皺をのばす。今日一番かわいい状態の自分で会いたかった。

かちゃりと小気味いい音がして、ドアが開かれる。拓真《たくま》は盛大な寝ぐせをそのままに、上半身裸のハーフパンツ姿で迎えてくれた。切れ長の一重の目がとろんとして、ほとんど閉じているように見える。

——おう。

まだ眠たげに、もぞもぞ言う。拓真の逞《たくま》しい二の腕に彫られた蓮《はす》のタトゥー。リエンはそれを見る度、特別な幸福感に包まれた。

リエンと拓真は居酒屋のバイト仲間として知り合った。その飲み会の席で、初めてまともに話をした。というより、まともに話せないところをフォローしてくれたのが拓真だった。

大学生が多かったが、拓真は高卒で田舎から出てきて、もう六、七年も音楽の夢を追っていた。バンド練習はもちろん、売り込むための営業もしており、時期によって「ドカチン」をすることもあるという。それはスポーツの一種かと質問すると、おかしそうに笑った。工事現場の肉体労働を指すらしいと、そのとき学んだ。後にそれが差別用語にあたると知ったが、拓真自身は好んで「ドカチン」という言葉を使っていた。

既にコンビニとダブルワークをしていたリエンは、夢を持って働いている、という拓真に親近感がわいた。

リエンには、特にお金に困っているようにはみえない学生がバイトに精を出すことは不思議に思えた。働いている理由を聞くと、内心がっかりすることもある。

——偉いね。

——すごいね。

——がんばってるね。

こうした言葉は始めこそ嬉しかったが、リエンもそれと同じ言葉を返したくなるようなガッツを持っている人とはなかなか出会わなかった。同世代の日本人に、ある種の物足りなさを感じていた。

その意味で、拓真は異質だった。ぬぼっとしていて、たまに話すとチャラけているが、本気を秘めていた。あまり周囲と交わることもなく、孤独を好んでいるようにみえた。

——リエンって名前、なんか意味あんの。

ベトナム語で蓮の意味だというと、えッ、となにか言いかけたが、口を開けたまま黙ってしまった。拓真のリアクションは予想外で、リエンを不安にさせたが、急にニヤリとした。

――へえ、ふーん。そうなんだ。

ひとりごちて、おかしそうに酒を飲み始めた。リエンは拓真をとっつきにくいと思っていたが、ふたりで話してみれば、よく笑うひとであった。その笑顔をとても気に入った。

初めて拓真の家で、その二の腕に咲く蓮に触れたとき、リエンの身体は震えた。男との経験が初めてだった、というだけの理由ではない。運命とはこういうことか、という歓喜のような、畏怖《いふ》のような感覚が押し寄せていた。

インスタントの個包装ラーメンが昼ごはんとなった。卵だけは奇跡的に冷蔵庫に残っていたので、具なしを免れる。うまい具合に半熟にできてなんとも嬉しい。二人で汗をかきながらすすりこむ。

ラーメンの袋に書いてある文字を、リエンが読みあげる。習ったような覚えはあるが難しい漢字は飛ばし、ひらがな、カタカナばかりを追いかけると、意味が通じなくて、二人で笑う。

――貸してみ。

読めない漢字を教えてくれる。今日は機嫌がいいのか、字の意味や似た漢字についても話してくれる。こういうとき、調子に乗って質問しすぎると、白けた顔をされてしまうので気を付ける。

ようやく拓真の望む付き合い方、距離の取り方がわかってきたようだった。リエンは拓真に愛されていると思えることが誇らしく、もっと愛されたいと願う。

だが関係をもって半年以上になるが、拓真の友達に会ったことはなく、誰かに「彼女」の話をしている様子もなかった。近所をぶらつくことはあってもデートと呼べるような外出はなく、拓真の時間があれば家に呼び出されるというスタイルが定着していた。

時折、発作のように不安が爆発し、リエンを苛《さいな》む。今すぐ会いたい！　そう叫びたくなる。だが、そういうことを拓真が嫌っているのもよくわかっていた。リエンは腕に爪を立てる。その三日月形の痕がゆっくり薄れていくのを眺め、気持ちを静めるのだった。

——ある日、拓真も消えてしまうのではないか。

そう思うと気が変になりそうだった。期待しすぎてはいけない、信じすぎてはいけない。この原則を忘れてはいけない。

リエンがどんぶりを洗おうとすると、疲れてるんだから休んでなよ、と拓真が代わってくれた。こうした優しさのひとつひとつを数え上げ、反芻《はんすう》することで、リエンは自分を安心させている。

ベッドに腰かけ、洗い物をする拓真の背を眺めた。痩身だが、筋肉はしっかり付いている。美しい。これはドカチン、のおかげなのか、それとも筋トレでもしているのか。

——来週の木曜の夜って、あいてる？

バイトだった。しかし、思いもかけない唐突な質問だったせいか、うん、と答えていた。

——知り合いのライブハウスがあんだけど、そこでピンチヒッター頼まれてさ。代打みたいなの、どうかなぁとは思ったんだけど、最近あんまライブもしてないから、イイかなって思って。

うんうん、とリエンは全神経を集中して理解に努めた。つまり、これはライブに誘われている、ということで合っているのだろうか。

——詳細、送るわ。

リエンは飛びあがるように立ち上がる。そのまま踊りだしたい気分だったが、興奮を抑えて拓真にそっと近づいた。拓真は首をねじってリエンを見ると、ニヤッとした。

――やっと認めてもらえたんだ。

拓真はバンドをなにより大切にしている。その仲間も。その人たちに紹介しても恥ずかしくないって思ってくれたんだ。

そう思うと、リエンは目頭が熱くなる。この喜びを、嬉しさを、拓真に伝えたいが、なんと言えばいいのだろう。ありったけの気持ちを指先に込め、拓真の蓮のタトゥーをなぞる。

拓真たちのバンドは、ヘヴィメタルというジャンルに属するらしかった。うるさいし、見た目もこわいし、正直リエンは苦手だ。それでも拓真たちの音楽は心底応援していた。

拓真はギターで、曲も作れば歌詞も書いている。ところどころ英語も交じるが、日本語がメインだ。彼の書く歌詞を理解したい、とＧｏｏｇｌｅ翻訳にかけ、意味を拾ったこともあるが、到底わかったとは言い難い。おそらく意味だけでなく、流れる文脈や韻律が大切なのだ。難易度は高いが、いつかきっと、と思うのだった。

拓真は自分たちのバンドの音楽をリエンに押し付けたりしない。だが、自分の好きな音楽に関しては、怒濤のように動画やMVのリンクを送ってきた。ヘヴィメタだけでなく、ロック、テクノ、ヒップホップ、なんでも聞いているようだった。

始めのうちは、すぐに聞いて、すぐに感想を言わねばと必死だったリエンだが、無理することないよ、と笑われてから、授業やバイトの帰り道、勉強に疲れたとき、少しずつ聞くようになった。

——いらっしゃいませ。

——お待たせしました。

——申し訳ございません。

バイトで使う日本語はすぐに身に付いたが、感情や音楽にまつわるボキャブラリーが増えたのは、拓真のおかげだった。ミーが友達を作れと言っていたのは、こういう意味だったのだと気付く。

拓真からベトナムの音楽を教えてくれ、と言われ、古臭く思われるだろうかと悩んだが、母や祖母とよく聞いた歌謡曲を検索した。拓真と並んで哀愁を帯びた旋律、たおやかで伸びのある歌声を聞く。女性が自分の人生を見つめる歌詞が、切々と響く。

誰にも愛されないのか？　と結ばれる切ない曲だった。

拓真は気に入ってくれたようで、熱心に聞き入っていた。リエンはすっとトイレに立つと、上を向いて目をしばたいた。


リエンは来週のライブを思うと気が気ではないが、その前に、バイトを休ませてほしい、と居酒屋の店長に直談判するミッションができてしまった。今まで一度も休んだことはない。初めてのことだ。想像していた以上に勇気がいるため、拓真に誘われた当日には、店長と顔があってもとても切り出せなかった。

翌日もまたシフトが入っていたので、帰宅後すぐに日本語のうまいルームメイトを捕まえ、店長にお願いするための文章を一緒に考えてもらった。よどみなく話せるよう、暗記しなくてはならない。

もう二時を回っていた。明日はコンビニのバイトがなくて良かった。バイトがないときも七時には起きて日本語の復習をするのだが、リエンは最近疲れが溜まっているのか、常に怠かった。明日は学校の時間ギリギリまで、眠ることにしてもいいだろう……

清書した文章を黙読しながら、こんなとき、去年のおばあちゃん先生だったら、きっと文章を直し、励ましてくれただろうと懐かしく思い返された。あの先生もいなくなってしまった。二年生でも会えると思っていたのに、辞めてしまったのだ。リエンの周りからは人がいなくなるようにできているのだろうか。そう思うと、哀しみに身を絞られるようだった。

拓真と付き合い始めて数週間後、思い切って彼のことを日本語日記に書いて先生に見せた。周りの友達には秘密にしていた。ミーの次に話したのが、先生だったのだ。

添削して返してもらったとき、良かったたねぇ、と本当に嬉しそうにしてくれて、リエンはお墨付きをもらった気分だった。すると、周囲を素早く一瞥《いちべつ》し、声を落としてリエンに耳打ちした。

――ヒニンだけは、しっかりなさいね。

リエンはきょとんとした。先生の様子からして、なにか大切なことを秘密裏に教えてくれようとしていると察せられたが、ヒニンという言葉がわからなかった。

先生はもう一度周囲を見渡し、またひそひそと話した。

――コンドーム。ゴム。男のひとに、つけてもらう。

ささやき声だが、一言ずつ、ゆっくりと発音してくれた。

リエンは理解した。真っ赤になっていたと思う。そんなことは言われなくてもわかっている、と口を尖らせたが、それは恥ずかしさゆえであった。そしてそんな恥ずかしいことを、きちんと伝えてくれた先生のことを、すごいな、と思ったのだった。

この夜、運が悪いことに店長はいなかった。仕方なくリエンの苦手な女性マネージャーに頼んだ。暗記した丁寧な文章で、休ませてほしい、を完璧に伝えた。

──はぁあ？

マネージャーは片方の眉毛をツッとあげて、怒気を含んだ眼でリエンを睨んだ。二人もいればいっぱいの小さな事務所に、リエンが何も言えず立ち尽くしていると、わざとらしいため息をつかれた。

──誰か他のひとが入れるか、探してください。

急に休む同僚だっているじゃないか。拓真だって突然辞めたじゃないか。リエンは冷え切った手をギュッと握った。

だがそれはそれ、だ。

自分が迷惑をかけるのだから、マネージャーの言う通りだ。自分の代わりに働けるひとを見つけなければ、とリエンも思う。今、マネージャーが見せた怒りは、私が

「ガイジン」だったからなんかではない。私がいけなかっただけだ。

不当に傷つけられるのではないかと怯え、ひがみっぽくなっている。こんなことではだめだ。リエンは自分に言い聞かせる。

リエンは深々と頭をさげて、事務所を出た。


拓真は居酒屋に、なんの問題もなく馴染《なじ》んでいたように見えたが、ある夜いつものように賄いを食べ、お代わりまでしたあと、制服である腰巻きエプロンをきっちり畳み、店長に返した。

――もう無理です、すんません。

店長のあんぐり開けた口を含め、後々まで語り草となっている。皆は、なぜ拓真が辞めたのかと推測しあったが、人間関係に結び付けて考える者はいなかった。

リエンは拓真が女性マネージャーと同僚の女子大生について散々悪態をついていたのを聞いていたが、もちろん黙っていた。

二人が付き合っていることは、誰も知らない。

拓真と接した人は、高確率で「変わった人だが、自分にだけは心を許しているのだろうか」という錯覚に陥ってしまう。実はリエンもその節があったといえる。

問題なのは、拓真がそれを自覚的にやっているわけではない、ということだ。女性の場合は特にこじれやすく、拓真にも相手にも、不幸な結果に終わることが多かった。

リエンが拓真を観察してきた結果、わかったことがある。拓真は実は脆《もろ》い男だった。自分なりの種々様々な決まりを大切にして行動しており、それが乱されると苛立ちを抑えられない。ある一定の領域に踏み込んでしまうと、突如ぷっつりと態度を変え、相手をうろたえさせるのだった。

だからリエンは拓真に接するとき、細心の注意を払った。これ以上、大切なひとに去られるのは耐えきれない。

——今日はなんだか張り切ってるね。

ライブの日の朝、良子に言われた。今夜は彼のライブを見に行く、と出かかったが、そうですか、とにごしてしまった。

ミー、先生。リエンが拓真のことを話したのは、二人だけだ。時間が経つほどに、彼女である、と自信をもって言えなくなってしまった。今夜、バンド仲間に彼女として紹介してもらえたら、そのあと良子には話してもいいかもしれない。リエンは良子に、ミーや先生に通じるあたたかさを感じていた。

確かにその日、正確には前夜から、リエンは張り切っていた。ライブに誘われた日以降、練習もあって忙しいから、と拓真の返信は途絶えがちであった。だがようやく、ステージの上の彼に会える。

いつもの駐車場の掃除も腕まくりで向かうが、吐瀉物《としゃ》があって怯《ひる》む。萎えそうになるが、こんなことで今日を台無しにされてたまるかと自分を鼓舞する。バケツの水を勢いよくぶちまけた。

いつもより駐車場に時間を取られてしまったので、店内は簡易清掃とする。コピー機の蓋を開けると、原本の忘れ物があった。

原本もまた、コピー用紙だった。小さな文字がぎっしりで、かすれたような線も入っている。このコピーのコピーはどれだけ読みにくい代物だろう。

だが一目で「惑星難民X」の記事であるとわかった。毎日いたるところで目にするので、リエンは書くことはできなくても、漢字群をビジュアルとして覚えていた。

――これはアメリカの例の俳優ではないか。

リエンは顔を近づけて、コピーの写真を眺める。

二日前に、ハリウッド映画でおなじみの超人気俳優が、実は惑星難民Xであると告白して大激震が走ったのだ。パパラッチに追い回されていたが、スクープされる前に自ら告白したらしい。

曰く、惑星Xで内乱が起きた七年前に単身宇宙に逃げ出し、たまたま地球のアメリカ合衆国に漂着、偶然コーラを片手に歩く青年に触れた。だが、それこそが運命だったのだと今はわかる。どんな者にも等しくチャンスが与えられる国！　もはや自分は身も心もアメリカ人であり、この国のために命を投げ出す覚悟もあると誓えるが、昨年秋に惑星Xを逃れてきた同士たちの孤独で苦しい胸の内を考えると、惑星難民Xとして発言しなくてはならないと考えるに至った……

端正な顔立ちだが独特の味があり、ヒーローはもとより、癖のある脇役も、あくどい汚れ役も、見事に演じた。横柄なセレブが多いなか、人柄も申し分ない。彼のファンはアメリカのみならず世界中にいた。赤十字やユニセフの活動にも賛同し、自らも積極的に教育機関の援助活動をしている。

Twitter、Instagram のフォロワー数は共に三億を超え、世界屈指のインフルエンサーだ。彼こそ真のスターと呼ばれつつあった。妄信的ファンは彼を教祖のようにあがめていた。

そんな彼が惑星難民Xだと告白したことで、裏切られた、もう応援しない、と悲嘆や憤怒の意見が噴出したのは当たり前だ。政府とグルになった「惑星難民Xキャンペーン」だという識者もいる。

なにより、既に惑星難民Xが地球に存在していたということは、他にも何食わぬ顔で人間社会に交じっている惑星人がいる可能性をぬぐえない。世界は大混乱に陥るかと思われた。

だが信じ難いことに、彼のような素晴らしい人なら惑星人を歓迎する、彼がアメリカ人でも惑星人でもかまわない、よく告白してくれた、と一気に惑星難民X肯定ムードに傾いたのだ。

——私も惑星難民Xだ。

嘘か本当かわからない告白がSNSに入り乱れ〈#XToo〉というハッシュタグが一躍トレンド入りし、今も勢いは増すばかりだという。もはや人間と変わらない惑星難民Xを、文字や写真で見分けることは不可能。いわば言ったもん勝ち、の状態である。

九割以上の人間は、このお祭り騒ぎに便乗してふざけて言ってみただけだろう。いや、九九・九%かもしれない。だが、〇・一%の割合で、もし本当の惑星難民Xが混ざっていたとしたら？

この〈#XToo〉告白ブームは、すぐさま世界中に飛び火した。もちろん日本でも。おもしろそう、以外の他意はなく拡散し、それが世界を揺るがす大きな意味をもってしまったのだった。


日本の過激な週刊誌でも「日本でも既に惑星難民Xが暮らし始めている」という仮説を立てて、それに合わせてネタを探しているらしい。

リエンは俳優と共に掲載されている、もう一枚の写真を見た。目に黒い棒を入れてはいるものの、普通の中年男性といった写真だ。望遠レンズなのか、わざとそうしているのか、画質も粗く、いかにもインチキな雰囲気を醸し出している。これが日本に暮らす惑星難民Xだとでもいうのだろうか。

あることないこと、過激な発言ばかりが取り上げられるので、報道に真実を見出そうとする者は減ってきている感覚がある。

リエンは、惑星難民に対して、強い抵抗感があった。なんの苦労もなくスキャン能力で日本語も話せるようになり、日本に馴染むことができ、日本人として暮らせるなんて、そんなバカなことがあってたまるか。不公平だ。

もう一度、俳優の写真に視線を戻す。リエンもいい役者だなと思っていたので、やはりショックだった。だが、スキャン能力でカッコいいなんて、それもやはりズルじゃないか！

――すみません。

声をかけられてギクリとする。男性客はなにか早口で質問をまくしたてたが、リエンが聞き返すと、大きな舌打ちを返された。

よくあることだが、毎回ずしりと心が重くなってしまう。笑顔をつくる。辛いときこそ、笑うんだ。

コピーの紙切れ一枚も、忘れ物には変わりない。また名前を書いた付箋をはって、事務所に置いておく。ふと気になって忘れ物・落とし物保管用のダンボールを覗くと、まだあのナイフがあった。

通勤ラッシュとなり、リエンもレジに入る。弁当やパンなどが飛ぶように売れるなかで、切手をください、という若い女性にぶつかった。切手なんて、売っていただろうか？

ヘルプを求めると、良子はギョッとしたように目を見開いた。やはり切手はないのか……しかし良子は列を成すお客さんに待ってもらい、切手がしまわれているケースの場所を教えてくれた。

——値段は切手に書いてあるから。

と言われても、リエンはどのボタンでレジを打っていいかわからない。良子に付いてもらい、女性が言った額の切手を渡した。

——ありがとうございました。

良子の接客はいつものように丁寧だが、妙に歯切れの悪い調子が少し気になった。知り合いなのだろうか。女性のほうは全く動じていないようだったが。

帰り際に聞いてみようと思いながら、目の前の列を消化することに必死になっているうちに、リエンはすっかり忘れてしまった。

学校では、友達のライブを見に行く、と話した。ヘヴィメタというからには、黒っぽくてハードな雰囲気の洋服が良いのだろう、と悩んだ末のコーディネートは、ダメージジーンズに髑髏《どくろ》がたくさん描かれた黒Tシャツ、使い込んで汚れた白いスニーカーだった。

かわいい、いいね、と友達に褒めてもらっても、どうも納得いかない。今年はまだ一枚も洋服を買っていないのだから、せっかくの機会に気に入るものを探そう、と思い立つ。

午後、リエンはファストファッションの店を見て歩くが、ピンとこない。歩きまわりながら、拓真の友達たちとの会話をシミュレーションする。スカートを広げてみても、シャツを身体に当ててみても、どんな話が出るか、それに答えられるか不安になっていき、こんなことをしている場合ではない、と気付く。

マクドナルドに駆け込み、百円のジュースをたのみ、小さなテーブル席に座る。ノートを広げ、思いついたまま書きだしていく。

音楽の感想を聞かれたら、なんというか。

拓真のことを聞かれたら、なんというか。

彼に恥ずかしい思いをさせないように。誇らしく思ってもらうために。リエンは辞書を引きながら、必死に予習する。

古着屋が多いことで有名な街らしく、駅前から既に個性的なファッションの若者が多かった。リエンにとって、初めての街。初めてのライブハウス。そして初めてのデモにもぶつかった。

Ｇｏｏｇｌｅマップを頼りに歩いていたリエンは、なにか掲げながら声を張り上げる七、八名の集団を見て足を止めた。道行く人々はほとんど無反応か、チラと視線を送るだけで、眉をひそめる人もいる。

小さなデモ隊が掲げるプレートには「宇宙人に日本国籍を与えるな！」、「日本の土地を汚すな！」などと書かれており、リエンはそれを読み取ろうと試みた。シュプレヒコールを聞きながら、これが最近ニュースになっている「惑星難民受け入れ反対デモ」であることはすぐにピンときていた。

クラスメイトのなかには、自分たち外国人留学生にとって、惑星難民受け入れは「良いきっかけ」になるのではないかと言う者もいた。連日連夜、全世界がこの問題について話し合っている。社会全体で、自分たちと異なる人種、文化を受け入れる体制を整えることの大切さや、そのための意識改革の必然性が叫ばれている。惑星人、惑星難民のおかげで、外国人でも差別を受けない平等な世界が実現できるかもしれないという持論だった。

リエンはしかし、尖った声をあげる反対デモを目前に、むしろ自分たち外国人は惑星人と共に排除されてしまうのではないかと急に怖くなる。最前列でひときわ大声をあげる神経質そうな男性と視線が合い、リエンは咄嗟に顔をそむけると小走りで道を逸れた。

暗い考えに囚われかけたリエンだが、ライブハウスに着くと気持ちを切り替えた。謎の惑星人よりも、今は拓真だ。深呼吸して、待ちに待ったこの日が訪れたことに感謝する。

受付で名前を伝えるだけでいい、と聞いていたが、声が上ずる。手の甲にスタンプを押されることにびっくりした。入場券の代わりらしいが、手が汚れるのが嫌なひともいるのではないかと心配になる。リエンにとって皮膚のうえで薄墨のようににじんだスタンプは、拓真の蓮のタトゥーを思い出させた。

狭い階段を下りた地下空間は、リエンの想像よりずいぶんと小さかった。ステージと客席も近い。ライブは十九時からで、三グループの演奏があるようだ。リエンは購入したドリンクチケットで、今日二杯目のジュースを飲みながら、拓真たちのバンド、RUDEを待つ。真ん中、二番目の出番らしい。

客の入りが少なくて不安になったが、開演間際になって急に増えた。最初のバンドもヘヴィメタなのだろうか、轟音《ごうおん》に空気が揺れる。肌がびりびりする。頭を振るギタリストやお客さんたちの首が痛くなりそうで、リエンは後方からハラハラして見守った。

ゴリゴリと音楽を奏でるほうも、聞きながら揺れるほうも、とてもかっこよくみえた。おまけに女の子たちは、皆オシャレで輝いて見える。単なるTシャツとジーンズ、自分と同じような恰好なのにどうしてこう素敵なのか、リエンには解せない。

演奏が終わると、前方に詰めていた人たちがすっと引いた。お目当てのバンドごとに客が入れ替わるようだ。リエンはこのまま後ろから見ているべきか、前に行くべきか、躊躇した。前に行くと目立ちそうで怖い。立ちっぱなしのせいか、脚も疲れてきていた。

あっ！

リエンは思わず飛びあがりそうになった。拓真たちが出てきた。少し化粧をしているのかもしれない。いつも以上に黒々とした切れ長の目が鋭く光る。金髪や長い髪のメンバーもいて、皆やはり黒っぽい衣装で統一していた。知らない拓真を見るようでドキドキした。

だが目が合うと、拓真は例のニヤッを浮かべた。リエンはふらふらと引き寄せられ、爆音に飲みこまれていった。

――すごい。

――かっこいい。

――すてき。

――いけてる。

――くーる。

――だいすき。

――ほんとうにすごい。

――ちょうかっこいい。

――とてもかっこいい。

――しんじられない。

――あいしてる。

別個の生き物のようにギターの上を走る指先。強いライトに浮かび上がる尖った顎。きらきらと光る汗をまき散らす癖毛。

リエンは瞬きも息も忘れて、拓真を見つめていた。

重い轟《とどろ》きの残響からなかなか抜け出せず、リエンはライブが終わってもしばらく頭に靄がかかったようだった。打ち上げに行くというのでおとなしく付いていく。楽器を担ぐメンバーの後ろに、その友達や彼女たち。十人を超す大人数で、この街でも目立った。

居酒屋に陣取ると、リエンはちらちら送られてくる視線を感じた……気がした。自然にしていなくてはと思うほど、ぎこちなくなる。

——じいしきかじょー。

いつか拓真に、皆が自分のことを笑っているのではないかと思えて怖い、と話すと、そう言われて一笑に付されたことがあった。しかし目の前の男の子たちがひそひそ言葉を交わしているのを見れば、自分を話題にしているのかと冷や汗をかいてしまう。

拓真はリエンを自分の隣に座らせ、なんのためらいもなく「彼女」と紹介してくれた。周囲から「お〜」とよくわからない歓声のようなものがあがる。リエンは顔が熱くなり、俯いてしまう。

——かのじょ。

リエンは、その響きを噛みしめていた。

——おまたせしましたぁ。

オーダーを取りに来た若い店員は「グエン」と名札を付けていた。リエンと同じ苗字。つい彼の顔を凝視してしまう。店員もリエンに気付くと、はにかむような笑いを浮かべた。

——いまのひと、ナニ人だろ。

誰かの呟《つぶや》きがあり、すぐさまそれを窘《たしな》める鋭い小声も聞こえた。

時間帯が違うので会ったことはないが、コンビニのシフトを見ると、他にもグエンという人がいた。ベトナム人の苗字の約四割にあたるので不思議はない。一度会ってみたいと思っていたが、こんなところで、また別のグエンさんに会うとは。

リエンは皆の話題に付いていこうと必死だったが、グエンさんの働きぶりが気になって、気づけば横目で追ってしまっていた。彼はくるくると目まぐるしく動き回り、他の店員になんら見劣りしなかった。

リエンが話す段になると、皆が黙って耳を傾けてくれた。予習した文章を思い出しながら、一生懸命に話した。困ることがあっても、拓真がたくさん助けてくれることも伝えたかった。

なかなか良い調子で話せていて、リエンは自分に拍手を送ってやりたい気持ちだった。だが話が進むほど、予習してきた内容からずれていく。その度に、リエンは言葉に詰まってしまう。

「なに言ってるかわかんねー」

ドラムの男がふざけて言った。さきほどリエンが、コンビニのオーナーが怖い、と真似をしてみせた言葉だった。

「ほんと、わかんねー」

拓真もその言葉にのっかり、おどけたように笑った。

リエンは真っ白になった。

心臓がきゅうッとなった。

が、笑ってみせた。奇妙に明るい笑い声になったのが自分でもわかった。周囲は少し困惑したようだったが、すぐに違う話題になり、それからリエンに話が振られることはなかった。

食べ物が運ばれてきても、胸がふさがれるようで、口を開けば涙が出そうだった。酒がまわり盛り上がってくると、皆の会話は速すぎて全く付いていけない。くだけた言葉の意味もわからない。

隣に座った女の子だけが、マリナと名乗り、簡単な言葉でゆっくり話しかけてくれた。

――日本ではどこにいったの？

――好きな食べ物は？

リエンでも答えられる質問は、ありがたくて、惨めだった。

飲み散らかし、席を立つ。ありがとうございましたぁ、とグエンさんは速やかにテーブルの片付けを始めようとしていた。リエンとグエンさんの目が合う。数メートルの距離があったが、彼はまっすぐにリエンを見つめていた。少しほほ笑んでなにか言った。リエンにはその唇の動きが読めた。

――チュック・マイ・マン。

帰り道は少しずつ散り散りになっていった。拓真とリエン、ベースとその彼女のマリナが、途中まで同じ電車だった。マリナはリエンに連絡先を交換しようと声をかけてくれ、その優しさが、同情されているようで辛かった。

拓真は、よかったね、マリナありがと、と言った。

今夜は拓真の家に泊まることになっていた。拓真とリエンは電車を降り、二人と手を振って別れた。

——楽しかったね。

拓真は満足そうに言うとギターを背負い直し、歩き出した。

リエンの脚は、もうそれ以上動かない。ホームに立ち止まる。

リエンが付いてこないことに拓真が気付いて、振り返った。

「あなた！」

リエンは絶叫した。

「わからない、あなた！」

周囲の人は驚き、怪訝《けげん》そうに、または好奇の目でリエンを見る。リエンの身体は芯からわなないていた。

「わからない！　ぜったい！」

悔しかった。自分も拓真も、全て憎らしかった。

この気持ちは、誰にもわかってもらえないだろう。

日本に来て初めて、リエンは人前で、激しく泣いた。

叫べば叫んだぶんだけ、その言葉がブーメランのように自身に戻ってきた。身体を切り刻まれるようで、自らを抱くようにしないと立っていることもできなかった。非力さに打ちひしがれた。

慟哭《どうこく》した。周囲の目など無意味だった。

拓真は恐れをなしたように、しばし動かなかった。おそるおそる手を伸ばしてきたが、リエンはそれをはたく。透明になることが社会に適合することだと思っていたリエンは、いま血を流した獣のように、獰猛《どうもう》さをむき出しにして吠えた。

リエンの足元の世界は崩れ落ちかけていたが、拓真は今度こそしっかりと腕をのばし、震える人間一匹をしっかり抱きとめた。

息を求めて宙を仰ぎ、リエンは喘いだ。拓真のささやくような、ごめん、という言葉を聞いた気がした。

〈惑星難民Xの祈り〉

良子が社員証を拾った翌朝、コンビニの仕事が終わって携帯を確認すると、珍しく留守電にメッセージがふたつも入っていた。

ひとつは警察から、昨日届け出てもらった社員証の持ち主が現れ、昨夜のうちに返却しました、という報告。

もうひとつは笹からで、良子が家を出る前に用意しておいた朝ごはんの礼と、良子が実家に帰省するなら近々自分の仕事も落ち着きそうなので同行できる、考えてみてほしい、ということだった。

笹の「ご両親に会ってみたい」という言葉を、良子は冗談半分に聞いておこう、深追いすまいと決めていたのだが、具体的に進めてこられたことに、信じられない思いだった。何度も何度も留守電を聞き返す。笹の声には気負いも感じられず、気になるラーメン屋があるから近々食べに行ってみよう、といった調子だった。

良子は普段、土日のどちらかと平日の一日を休みに設定してシフトを組んでいる。来週のコンビニは土曜と水曜、宝くじ売り場は土曜と火曜を休みにしていた。

土曜に日帰りで行ってもいい。もしくは火曜のコンビニ勤務の後に出発して現地で一泊し、水曜の午後までに帰ってくるのでもいい。実家は新幹線に乗れば二時間半ほどの距離だ。だが良子は年に一度帰るか帰らないかで、最後に帰ったのは去年の正月だったので、もう一年半以上前になる。そのときは行きはバスで、帰りは鈍行列車を使った。五時間もかからないので、急いで帰る理由のない良子にとって、新幹線という贅沢をする選択肢はなかった。景色が変わっていく様を眺め、心を横切っていく様々な思いに身を任せながら、ぼんやりと移動する時間もまた帰省というものの一部だった。

「俺はどっちでも。ご両親の都合も聞いてみないとね」

その夜、良子が半信半疑のまま笹に電話で提案すると、また至極あっさりと駒をひとつ進められ、いよいよ落ち着かない。

母親にメッセージを送ると「どっちでも、いつでもいいわよ！」と即返信があり、嬉し気に踊る猫の絵のスタンプが連投された。

両親は七十歳を過ぎてやっと自由な時間を手に入れたのだった。

良子の幼いころ、地元にはまだコンビニはなかった。両親が地域で初めてコンビニをオープンさせた。もちろんフランチャイズ契約だったが、開店のためには負担金も必要で、借金をして始めた事業だった。しばらくは物珍しさもあり繁盛したが、続々と近隣に競合店が進出し、経営は苦しくなり始めた。それでも地元密着型で顔なじみの客も多く、常連を持っている古参としての矜持《きょうじ》で、ギリギリ踏えていた。しかし、十年契約を更新した後が地獄だったのである。

近くに同チェーンの直営店が開店し、客の取り合いとなった。潰しにかかってきたとしか思えなかったが、歯を食いしばって耐えた。やがて駅の近くに深夜まで営業する大型スーパーができ、売り上げがガクンと落ち込むと、直営店のほうが撤退した。両親も音を上げそうになったが、中途解約には膨大な違約金がかかる。寿命を削ってでも続けるより他はなかった。

母はストレスから期限切れになった食品のドカ食いを始め、体重が増え高血圧になった。父は反対に黙々と働き愚痴も言わなかったが、ひとまわりもしぼんでしまい、白髪が一気に増えた。夢をもって始めたはずのコンビニオーナーを二十年で辞めることができたとき、二人は燃やし尽くされた老人の骨のようにボロボロだった。

父はその後幸いにも、知人の口利きで地域の準公共施設である交流センターの事務員になった。子供たちから「ましろじいちゃん」と慕われるほど見事な白髪となっていたが、まだ五十代半ばだった。

母も父の再就職から数ヵ月後には、早朝はオフィスビルの清掃、夕方は介護の仕事についた。定年と呼ばれる歳をとっくに過ぎた今でも、清掃の仕事は週に数回続けている。コンビニの早朝勤務に慣れていた母は、その時間帯に働くことが苦ではないのだろう。良子が早朝と午後のダブルワークで暮らしを立てているのは、母の影響かもしれなかった。

良子は土曜の日帰りで行くことになるだろうと踏んでいたが、笹は実家の近くで取材の仕事を取り付けたので「出張」という体にできる、火曜に行って近くで一泊しようという。

計画はこうだ。良子の早朝の仕事の後、駅で待ち合わせて出かける。午前中に良子の実家に着くので、両親と昼食を食べながら団欒《だんらん》する。午後、笹は取材があるため、お互いに自由行動。夕方には合流して、温泉宿にでも泊まってのんびりし、翌日は昼までに戻ってくる。

両親の家に泊めてくれと頼むこともできるが、笹もさすがに気が引けるのだろう。良子も提案しなかった。それに温泉宿という響きは良子の胸をときめかせた。

朝の東京駅に降り立ったのは数年ぶりのことだった。人の洪水もさることながら、ピリリとした空気を放つ速足の勤め人たちの表情の厳しさにも、良子は圧倒される思いだった。

指定された駅構内のカフェに向かうと、笹もまた難しい顔付きでパソコンに向かっていた。仕事関係でなにかあったのだろうか。良子はしかし、笹の顔を見て感動してしまった。いつも伸ばしている無精ひげがきれいに剃られていたのだ。つるりとした笹を初めて見た。かわいかった。

ホームで新幹線を待ちながら、子供のように胸が高鳴った。良子が最後に新幹線に乗ったのは二十年近く前のことだ。

自由席でも空いていた。良子は窓際に座って景色を楽しんだが、意外にもスピードが感じられないことを不思議に思った。

いつものように、コンビニの廃棄品を二人の朝ごはんとして持ってきていた。笹と並んで座り、それを広げながら、良子は非日常を満喫していた。自分が笑い上戸になっていると気付いた。

笹のほうでは両親への手土産と、旅のお供にもなるからと、自分が担当した記事の載った最新号の週刊誌を持参していた。笹は書く内容によって二つの筆名を使い分けており、今回は珍しく社会派寄りの「池垣《いけがき》わたり」名義だった。笹はあまり自分の書いたものを見せたがらないので、良子は素直に嬉しく思った。

毎年八月が近づくと、戦争を振り返る特集が増える。戦争を知らない世代ができることはなにか、というテーマで、いくつかの活動にスポットを当てて紹介したものだった。

良子は熱量のある大作を興味深く読み進め、頁《ページ》をめくった。その瞬間、雑誌を取り落としそうになった。そこには爽やかで頼りになる、あの頃の雰囲気そのままの、古閑の凜々しい顔写真があった。

海外に核兵器のおそろしさを伝えるため、日本に伝わる被害の詳細や学術資料を英語に翻訳してデータベースを作り、外国の反核NPO団体や、学校の教材として無料で提供しているという。

「僕は広島出身でも長崎出身でもない。親しい誰かに被爆者がいたわけでもない。でも小さいころから、キノコ雲の映像をみるたびに恐ろしくて仕方がなかった。だからその恐ろしさの正体を突き止めたかったし、一人でも多くの人に、その恐ろしさを知ってほしいと思うだけなんです」

どうしてこの活動を始めたかという問いに、明確な理由はないがと前置きして、古閑はこう答えたという。笹は古閑を絶賛した。

「今回いろんな人の想いが聞けて、すごく刺激を受けたんだけど。特にこの人、古閑さんと話してて物事ってシンプルなんだって思ったんだよね。戦争はよくない。だから戦争しない。核は危険だ、だから使わない……わかってるはずなんだけどさ。当たり前のことを言ってるだけって顔で、ちっとも偉ぶったとこないんだよね」

「そうなんだ」

良子はかろうじて、明るい調子で返した。古閑とこんな形で一方的に再会することになるとは思いもしなかった。良子はさっきまでアハアハとしていたのが嘘のように、黙り込んだ。

「疲れたなら、少し寝ていけば」

笹に言われて目を閉じるが、胸がざわついて眠れなかった。よりによってなぜこの日に、という怒りとやるせなさで、顔を覆って突っ伏したかった。

「おかえり！」

駅の改札を出ると、母の麻美《あさみ》が待ち構えていた。こんな出迎えは初めてのことで、良子はいささか苦笑した。歩いて二十分もかからない距離だが、車で迎えに来てくれたのだった。

「お忙しいところ、わざわざこんなところまで来て頂いて」

「こちらこそ、すみません突然。ありがとうございます」

良子には麻美が高ぶっているのがわかった。笹の世慣れた当たりの良い受け答えにすっかり嬉しくなり、矢継ぎ早に話しかけていた。良子は二人に一歩さがって付いていくも、気恥ずかしくてならない。

梅雨明け宣言を待つばかりの、良く晴れた日だった。麻美は車を走らせながらサンバイザーをわずかに傾け、しきりに後部座席の二人を気にして声をかけた。

「ほら、そこ、このまえオープンしたパン屋さん」

「あそこの八百屋さんなくなっちゃったのよねぇ、魚屋さんも」

土地柄、一軒家も多く残っていたが、古い集合住宅街へと向かう。コンビニ支度金の返済と並行し、実家の住宅ローン返済が完了したのは、父が六十八になってからだった。良子は心から両親の余生が穏やかであることを祈った。

マンションのチャイムを押すと、エプロンをした父の紀彦《のりひこ》が迎え入れてくれた。良子は紀彦が最近料理を始めたとは聞いていたが、エプロン姿など見たこともなかったので面食らった。家事をするデキる父アピールなのだろうか。

「いらっしゃい。遠いところようこそ」

紀彦が笹に手を差し出したことには、更に驚かされた。来客と握手する習慣なんてあっただろうか。笹も不意を突かれたようだったが、緊張した面持ちで、手を取った。

「初めまして、笹憲太郎です。こちらこそ、どうも――」

麻美のときとは異なり、笹の表情は強張って見えた。やはり男親というのは緊張するものなのだろうか。良子は少し不安になる。

「最近、お父さんの減塩料理で血圧の調子がいいのよ。本当はお父さんにはもっと高カロリーなもの食べて、もう少しふっくらしてもらいたいとこだけど。私の肉、あげられればいいんだけどねぇ」

紀彦が昼食を用意する間、良子と笹は居間のソファに座って麻美のおしゃべりに付き合った。笹はにこやかに頷きつつ、台所が気になるようだった。

「俺、手伝ったほうがいいかな」

「いいのよぉ、お気になさらないでください。あの人、なんだかんだこだわりがあってうるさいから、放っておくのが一番の手助け。もう先週からずっとね、なに作ろうって献立考えてたんですよ」

笹が良子にささやくのを耳にすると、麻美はすぐさま言ってカラカラと笑う。はぁ、と頭を掻く笹が、実際には野菜の皮むきくらいしかできないことを知っている良子は、なんだかおかしかった。

しかし、寡黙な父がそのように二人を待ちかねていてくれたとは。良子はじんと湧き上がる感謝と同時に申し訳ない気持ちを抱いた。

麻美は良子の小さい頃のアルバムを引っ張り出してきて、笹に見せた。これには笹も大喜びだった。かわいいなぁ、と笹のしみじみとした声を聞くと、良子はくすぐったい。

子供のころは、良子もまた多くの子供たちと同様に、自分が幸せになることを疑ってもいなかった。そのことに気付くと、アルバムの中で笑う少女が不憫《ふびん》に思えてくるのだった。なにかにつけて、無性に寂しくなるようにできあがってしまった今の自分のことも。

笹がお手洗いに立った時、麻美は良子に顔を近づけると、とっておきの秘密を告げるようなひそひそ声を出した。

「笹さんって、どこかお父さんに通じるもの、あるわね」

「やっぱり？」

良子は自分だけの思い過ごしではなかった、と嬉しくなる。

紀彦は達成感からか少し紅潮した顔で、ご馳走を並べた。豚の角煮に春巻き。ツナサラダにオクラの和え物。お椀のツミレも手作りという凝りようだった。良子も笹もいたく恐縮したが、麻美が絶賛するだけあって、どれも上品な味付けで、美味しく頂いた。

それでも笹は、いつも見せる旺盛な食欲に比べると箸が進まなかった。そつなく話をし、にこやかに相槌も打つのだが、とりわけ紀彦の前で硬さが取れない。あれだけ両親に会うことを、父親に会うことを楽しみにしていたはずなのに。良子は祈るように笹を見つめることしかできない。

「それで、二人は一緒に住んでるの？」

「いえ、僕は学生時代からずっと一人暮らしです」

「じゃあ、これから、一緒に住む予定があるとか？」

母が目を輝かせて切り込んでくるので、良子は焦った。

「そうじゃないよ。今日はね、何度も言うけど、笹さんがたまたまこの近くで取材の仕事が入ったから、それなら家が近いし、ずっと帰ってなかったからちょうどいいかなって。それだけ」

両親に期待を抱かせてもいけない、笹に負担に感じさせてもいけない。そう思い、良子は今回突然家に戻ることにした理由を、このように設定して伝えていたのだった。

事実、笹からは「ご両親に会ってみたい」とは言われていても、結婚の話はおろか、同棲の話など一言も出ていない。そして良子の提案したこの設定に対しても「そういうことにしておこう」と素直にうなずき、やはり踏み込んだことは言わないのである。

「そう。まぁでもほら、あんたが家に彼氏連れてきたのなんて初めてでしょう？　そうなんですよ、この子、まぁずっと一人で」

麻美は言い訳がましく笹に説明する。

静かに聞いていた紀彦が、話を笹に振った。

「笹さんのご実家は、どちらなんですか」

「四国です。祖父母に育てられたもので、実の親の顔は知らないんですよ。だから、良子さんにご両親のお話を聞いていると羨ましくて、お会いしてみたいなと思ったんです」

「えぇ？　あんた、私たちのことなんて何話したのよ」

麻美は大げさに驚き、照れた。良子は笹に尋ねられれば答えていたまでだが、黙っておく。母があまりにも嬉しそうだったから。

「そうでしたか。うちはご覧の通り、慎ましい家で大したお構いもできませんが、またいつでもいらしてください」

紀彦は笹の目を見据え、微笑のまま静かに応えた。良子が横目で笹の様子を窺うと、笹もまた父を見返していた。乾杯のビールで赤らんでいた頰が、今は少し青ざめていた。プレッシャーを感じているのだろうか。良子はこれ以上、笹を追い詰めるような話をしないでくれと、両親に必死の視線を送った。

笹が買ってきた手土産は、東京駅で何十分も並ばないと買えないことで有名なお菓子だったが、包装ばかりがやたらと立派で、おいしいことは確かだったが、値段とそれを買う労力を考えれば、麻美が買ってきた地元の大福が圧勝だった。むしろ味だけで比べても良子は大福に軍配をあげたが、このコジャレたお菓子の人気について説明せねば笹が報われない、と躍起になって語った。

笹が仕事の約束があるのでと席を立つと、良子も立った。

「あんたも行くの？　もう少しゆっくりしていけばいいのに」

「私もちょっと行きたいとこあるから」

実家に残れば、笹について、二人の関係について、根掘り葉掘り聞かれることは必至だった。切り上げるのが得策だ。

麻美は和柄の巾着や、友達の手作りというティッシュカバー、用途不明の竹細工などを大きな紙袋ふたつぶんも溜めこんでおり、良子に持って帰れという。

「バザーに出してもいいけど、あんたが使える物あれば」

良子はミニマムな生活を信条としており即座に断ろうとしたが、好意をあまり無下にするのもためらわれ、町内会の手ぬぐいとカラータオル三枚組をもらった。持ち帰るにもかさばらず、家にあったところで困らない物だった。

だが車で送っていってあげるという申し出は頑として断り、実家を後にした。紀彦は玄関先まで見送ってくれ、麻美は外廊下に出て「気を付けてぇ」と二人が見えなくなるまで手を振っていた。

実家が遠ざかると、良子は正直ホッとした。笹もまた同じ思いでいるのが伝わり、顔を見合わせたまま少し笑ってしまう。歓迎してくれた両親には悪いが、良子にとっては笹の気持ちが優先だった。打ち解けた笑顔が戻ってきたことに、なにより安堵した。

「母がおしゃべりでごめんね」

「父が料理とはびっくりしたね」

「なんてことない家だったでしょう」

「がっかりした？」

笹の気持ちを軽くしようと良子がおどけて尋ねれば、笹はそんなことないよ、と答えるのだが、どこか上の空で気のない返事だった。また不安になる。あんなに「家族」に興味を持っているようだったのに、どうでもよくなってしまったという印象を受けた。良子はすがるような気持ちで笹の手を取る。繋いだ手が熱い。

「じゃ、また後で。もし取材長引きそうなら、連絡するね」

駅まで戻ってきて、二人は別れた。良子は心許ない気持ちでいっぱいだったが、できるだけの笑顔で笹が駅の向こう側に下りていくのを見送った。


この街に帰ってきても、良子は基本的に家に一、二泊するだけでほとんど外出もしないため、もうずいぶんゆっくり歩くということをしていなかった。

住宅街をぬうように細い小川が流れており、それに沿った散策路がある。さてどうするかと途方にくれた良子は、その水の流れを追いかけてみることにした。昔は獣道のようだったが、今はきちんと整備されて歩きやすくなっていることを知る。

この道でセキレイやジョウビタキ、時にカワセミを見かけた。そうした鳥の名を教えてくれたのは紀彦だ。鳥だけでなく草花の名前もよく知っていて、小さい良子の手を引きながら教えてくれたものだ。麻美は動植物に興味がなかった。幼い頃の娘にありがちなことでもあるが、良子は父と共に出かけるほうが好きだった。全てはコンビニ経営に手を出す前のことだ。

そのささやかな思い出の散歩道も終わると、良子は迷子になったような心細さだった。もやもやとしたものが幾重にも胸を塞いだ。両親と鉢合わせしないことを祈りながら、第二の家ですらあった、あのコンビニに足を向けた。オーナーは変わったが、今もその店はあった。良子が働いているコンビニと同じチェーンだ。暑さしのぎも兼ね、店内をゆるやかに観察する。なかなか行き届いている、と感心した。これならまだなくならないだろう。

何も買わず、良子はコンビニを出る。少し歩けば、かつて学生証を落とした場所だ。照り付ける日差しがアスファルトを打ち、路上から湯気が立つようだった。ゆらめく地面は過去と現在を曖昧にする。心音が速くなるようで、良子は思わず胸を押さえた。

夕方、約束の時間通りに笹は現れ、東京方面の鈍行列車に乗る。今度は新幹線は使わずに二時間ほど。良子が贅沢を好まないことを知っている笹は、伊豆半島の付け根にある、手ごろな料金ながら雰囲気の良い温泉宿を探して予約していたのである。

暗くなる前にチェックインできた。二人で沖に沈む夕陽でも見に行くのかと思えば、笹はすぐさまパソコンを開いた。

「ちょっと書いちゃいたいから、良子さんは温泉入ってきなよ」

八畳の和室は年季が入っているが、窓から海が見えくつろげる。しかし窓際の小さな机とそれを挟んだ二脚の籐椅子《とういす》、この広縁《ひろえん》を笹は仕事場に定め、どっかりとそこに落ち着いてしまった。

笹の仕事モードを良子は初めて見た。原稿に着手すると声をかけてもほとんど聞こえていないようで、その集中力には殺気立ったものさえあった。気が散るのか、早々に障子を閉められてしまい、表情を見つめることすら叶わなくなる。

手持ち無沙汰になった良子は、仕方なく温泉につかる。温泉を引いているとはいえ、つまり大浴場だ。だが平日の夜早めの時間、利用客は他におらず、誰の目も気にせずゆっくりできた。

笹は、両親のことをどう思ったのか。

自分とのことをどう思っているのか。

風呂の端から端を、蹴伸びで行ったり来たりしながら、いつものように疑心暗鬼の深みにはまっていく。ここまで来て、どうしてなにも言ってくれないのか。どうして仕事に逃げるのか。責め立てたくなる一方で、良子もまた自分の過去が重荷になり、深い話を避けている。今朝奇しくも見せられた古関の記事は、自分の愚かさを再確認せよ、という天の通告なのだろうか。

のぼせてきた良子は、風呂の足場に腰かけ半身浴に切り替える。目を閉じ、深く息を吐いた。再び古閑を目にしたら、怒りと憎しみが突き上げてくるものと思っていた。しかし写真の古閑は、誠実で勇敢そのものにみえた。良子自身、古閑の活動は素晴らしいものであると認める。あの夜のあのできごとは、全て良子の夢だったのではないだろうか。

だが、この胸の苦しさはどうだ。

先ほど障子の向こうに影絵として、ぼんやり浮かんでいた笹の姿を思い返した。笹は古閑を良い人だった、尊敬する、と言う。

良子の涙が、ぴたん、と湯に小さな波紋を作った。

宿から少し行けば、すぐに浜辺が広がっていた。良子は火照《ほて》った身体を海風にさらし、ひとり黙々と歩いた。昼には夏の賑やかさを見せていたであろう海も、夜はしんとしている。良子は昔から夜の黒い海が嫌いではない。なぜこう静かで怖いのだろう。それでいて、いつまでも見ていたくなる。

風が強く吹けば肌寒く、あっというまに湯冷めした。腕をさすりながら、良子は打ち寄せては引く波を見ていた。

良子は携帯を取り出し、登録数の少ない電話帳をスクロールした。今も古閑の電話番号が残っていた。よほど消してしまいたかったが、この番号を着信拒否に設定しておくほうが、消してしまってわからなくなるより安全なように思ったのだった。

古閑に電話をかける。良子は自分のしていることが信じられないが、もう一人の自分はそれを止めず、冷静に黙認していた。

「おかけになった番号は――」

良子は大きく息を吸った。知らぬうちに息を止めていたらしい。

もし古閑が出たら、自分はなにを言ったのだろう。なにを確かめたかったのだろう。古閑は戸惑っただろうか、怖がっただろうか。キャバクラで引っかけた馬鹿な女のことなんて、もうすっかり忘れているのだろうか。

良子はその番号を消した。なんてことなく、消えた。

「先寝てて」

笹は良子が部屋に戻っても、布団に入っても、まだ仕事を続けていた。こんなことなら一泊する必要なんてなかったのに。なじりたくなる気持ちを抱えつつ、考え疲れていた良子は眠りに落ちた。

良子は日常に戻った。

母が連日のようにメッセージを送ってくるのとは対照的に、笹の返信は少しずつ間隔があいた。今までも連絡がないことは珍しくなかったが、今回は違和感があった。毎晩、おやすみというメールだけは欠かさず送っていた良子だが、その返事もなくなり、笹から連絡がくるまで自分からは送るまいと決める。

なにがいけなかったというのか、良子には理解できない。笹の理想の家族像を汚したとでもいうのか。良子は自分だけでなく、あの善良で愛情深い両親をコケにされたようで、それだけは決して許せなかった。

ある日、宝くじ売り場に小林さんのメモが残され、シフトを代われる人を探していた。良子は一日余計に働いてもかまわなかったが、稼ぎが必要なのは彼女も同じはずで、出勤日を交換してあげた。

それにより翌日は予期せぬ午後休となったが、出かける気持ちは起きない。誰とも顔を合わせたくなくて、息をひそめてベッドのうえに寝転んだままじっとしていた。アパートのチャイムが鳴ったが放っておいた。

と、鍵の開く音がした。

ベッドからがばりと身を起こし、武器になるものをと視線を走らせたが、包丁はむしろベッドより玄関の近くにあった。咄嗟に手近なテレビのリモコンを持って、身構えた。

笹だった。良子を見つけ、えッ、と目を見開いて固まる。

良子もまた、鳥肌を立てたまま動けなかった。

「なんで？　今日……」

笹は絶句した。良子は忙しい笹のために、一ヵ月のシフトが出ると事前に休みの日をメールしていた。笹の時間が合えば、ちょっとの時間でも来てほしいと。

「合鍵があったら便利なんだけどなぁ」

上目遣いでだだっこのような顔をする笹に、喜んでそれも渡してあったのは言うまでもない。

良子の家にパジャマや下着類など、細かだが笹の物が残されていた。良子がいない隙にこっそり回収しにきたのか、と思い当たると良子はすぐさまそれらを引っ張り出し、笹に投げつけた。穴の空いていた靴下。良子は洗濯後、色の近い灰色の糸を買ってきて繕っておいたのだった。それも顔めがけて投げる。

「用がすんだら帰ってくれますか」

良子は自分の惨めさに青ざめながら、精一杯抑えた声で言った。笹はしばらく身動きもとれず、言葉を探しているようだった。

「そういうつもりじゃ、なかったんだ……」

なにか言おうと口を開くのだが、結局また黙った。笹の目がうるんでいることに気付き、良子は胸を突かれるような思いだったが、なにを信じていいのかわからない。

「ごめん」

なにが、ごめんだ。笹は、合鍵を玄関にそっと置くと、良子が放り投げたものには目もくれず、出ていった。良子は床にくず折れ、声を押し殺して泣いた。

良子はだからといって生活を崩すことはしなかった。淡々と、粛々と、業務をこなした。ひとりで生きていくと決めていたではないか。遅かれ早かれこうなるとわかっていた。

機械的に働けるコンビニは、全てを忘れるのにちょうど良かった。そんなとき、あの女性が現れた。社員証を落とした、切手の娘。思わず叫びそうになったほどだが、早朝の混雑の時間帯に声をかけることは、不可能に近い難しさであると痛感する。

それでも会えたことが嬉しかった。

次にもし、彼女が良子のレジ列に並んだら、さりげなく声をかけてみよう。どう声をかければ自然か、じっくり考えてみよう。

ひとりの時間はいくらでもあるのだから。

＊

智子の最終勤務日に、紗央はまた智子とランチができた。

「このしょっぱい味噌汁ともお別れかぁ」

「お代わりしてもいいですよ」

二人は社食で軽口を叩きながら、お互いのこれからについて話した。紗央もまた派遣契約は更新せず、九月いっぱいでこの仕事から離れるつもりであることを打ち明けた。

智子に廊下で抱きついた騒動のことは、その後簡単に伝えていた。社員証を落としたのだが、誰かが拾ってくれて大事を逃れた、と。つまり核心部分は何も話していなかった。

　男に震えあがった直後は、待ち伏せを恐れてすぐにでも派遣を辞めようかと思ったが、紗央は考えなおした。むしろあの男こそ、自分に会いたくはないだろう。ナイフを見せて脅したのだ。警察に突き出したら向こうは完全にアウトである。再び会う心配はないはずだ、と信じる。

「十月から、なにすんの？」

「これから仕事を探すのでなんともいえませんけど。でも、それまでに何をするかは、決めてます」

　智子は、へぇ、とにんまりした。

「それは、聞いてもいいのかな。聞いてほしいのかな？」

「小説、一本仕上げます」

　紗央は働き始めてから、短い散文を書いたり、ちょっとした文章をネットにアップすることはあっても、学生時代のように本腰を入れて長編に取り組むことはなかった。

　派遣なら自由な時間を確保できると喜んだはずだが、現実に仕事が始まると「今日も一日働いた」という満足感は「少しゆっくりしてもいいや」という言い訳にすり替わった。

創作に駆り立てられるということがなかった。なにを書くか、なぜ書くかも見当たらずに、だらだらとルーティーンの労働に組み込まれての今だった。

智子はサバの味噌煮を口に運んでいたが、紗央の言葉に一瞬止まった。それから、もぐもぐしつつ何度も頷いた。

「じゃ、それできたら送ってくれる？」

飲みこむと、智子は言った。今度は紗央が驚く番だったが、歯に衣着せぬ批評が聞けそうだと心強く思った。

「九月だと学校始まってバタバタしてるだろうけど、少しずつでも絶対読むから。あ、もしあれだったら、その前に途中までとかでもいいよ。なんかイイこと言えるかはわかんないけどさ」

智子はまだ一文字も書いていない紗央の小説について、読者になる気満々で具体的なことをいう。なんの質問も疑問も挟まなかった。智子に見せて恥ずかしくないものを書こう、と思うと、紗央の脳みそがミリミリと音を立てて動き出すようだった。

八月に入ると、取引先が夏休みということもあって業務も暇になった。フロア全体もいつもより静かだった。

「さおちんも、夏休み少しは取ったらいいのに」

「特に出かける予定もないので」

既に夏休みの申請は締め切られていたが、意外と人員が残ることが判明したので、申請をしなかった紗央も休みの希望を出してくれれば対応できる、と工藤は言うのだった。

「お父さんに会いに行くとか、会いに来るとかないの？」

思いもかけない言葉に、紗央は人の良さそうな工藤の顔をまじまじと見返した。実家暮らしだが、父親は単身赴任で離れて暮らしている、ということを何かの折に話した覚えはある。だが、それをこのタイミングで持ち出されるとは思いもしなかった。

「それも、ないですかね」

「そっか。じゃあまあ無理強いはしないけど、もし気が変わったら、明後日までに言ってね」

ありがとうございます、と紗央は小さく頷いた。そういえば父の夏の予定などまるで聞いていなかった。母は既に父と話していたのだろうか。母も不定期だがチラシを郵便受けにばらまくポスティングのバイトをしている。長期で出かける予定があれば早めに計画を立てるだろうし、紗央にもなにか言いそうなものだ。

紗央は最後に父とまともに話したのがいつだったかも思い出せない。本嫌いの父親と、なにを話せばいいかわからなかった。煙たく感じ、敬遠し始めたのは高校時代からではないか。働き出してはみた今も、仕事の話ができるとは思わない。

エレベーターが閉まる直前、水色の巨大なゴムまりがドアをこじ開けた。それは突進してきたスカイブルーのTシャツを着た熊住で、紗央の乗るエレベーターに身をねじ込んだのだった。ほぅ、と息をつき額の汗をぬぐう熊住に、声をかけるべきか躊躇していると、乗り換えの際に向こうが紗央に気付いた。

挨拶のみで終わったかと思い、紗央は透明なエレベーターの隅に身体を寄せ、夕暮れ時の東京が眼下に近づいてくるのを眺めていた。

「土留さん、酒好きだよね？」

熊住は紗央の頭上で言った。キックオフでの紗央の飲みっぷりは、社員の間ですっかり広まってしまったらしい。恥でしかない。

「醜態をお見せしてすみません。反省してます」

「おもしろかったけどね。この後、一杯行く？」

熊住と話せる機会は、今まで全くというほどなかった。熊住はリーダーとしか話さないし、シマも違っていた。一も二もなく、その誘いに乗りたいところだったが、紗央は一拍置いて答えた。

「今、断酒してるので、残念ですが」

「ほんと？　じゃあウーロン茶とか？」

のしのしと歩く熊住は、その斜め後ろから付いて歩く紗央が内心ガッツポーズをしているとは思いもしなかっただろう。二人は駅とは逆方面に向かって歩き、高架下を抜けて丸の内側に出た。

改装工事が終わってからの東京駅丸の内駅舎は、昔の赤煉瓦《れんが》造りの外観が再現され、美しい。いつ通っても、観光客が写真を撮っている。今日はカメラを据えた三脚の前で、若者グループが飛び跳ねていた。タイマーをかけて、ジャンプした瞬間を撮ろうというのだろう。紗央も学生時代に何度か友達と試みたが、きれいに宙でポーズを決められたことがない。飛べたことが一度もない。

丸の内界隈は高い、と紗央はハラハラしたが、熊住は大手町近くの一角にある大衆居酒屋に入った。縦に長い造りになっており、奥の部屋で団体客が騒いでも、カウンターで一人で晩酌する者を悩ますことはなさそうだった。この日は本を片手に、目刺しをアテにビールを飲む五、六十代のスーツ姿の男性がいた。紗央はふと、父もひとりで酒を飲みに行ったりするのだろうか、と考えた。

熊住は「一刻者《いっこもん》」のボトルキープをしており、店員との会話の様子からも常連であると察せられた。芋焼酎には紗央も一時期凝っていたので心揺れたが、黒ウーロン茶を頼む。乾杯しながら、熊住は紗央がいてもいなくても、やはりここで酒を飲んでいたに違いないと思った。

紗央にとって熊住は、面接時のイメージのままだった。頭の回転が速く、優秀で抜け目がなく、とにかく仕事がデキる。それはあの大企業が求める人物像そのままという気がしていた。

屈折した尊敬を抱いているぶん、紗央は熊住に素直になれない。社会にはこんなカッコいい人がいるんだ、と素直に感動し憧れると同時に、「あちら」の人間であり世界が違うのだから、下手に関わって「こちら」との違いを見せつけられたらたまらない、という思いがある。いつまでも手の届かないところで輝く星のような存在であってほしいが、いつの日か自分を認めてほしいと願わずにもいられなかった。

紗央は、つまらない奴だとガッカリされたくないと、懸命に背伸びして会話を進めていた。だが熊住のほうは夏にもかかわらず濃い目のお湯割りを作ってふぅふぅしながら、テーブルに肘をつき、口癖らしい「そうねぇ」を挟んで気楽にのんびりと話す。

仕事の枠を外れ、優しい喧噪《けんそう》の満ちた庶民的な店で、うまそうに酒を舐める熊住は平静そのものだった。差し向かいで話すうち、紗央のなかのわだかまりもゆるやかにほどけていった。

大きな身体を椅子に押し込め、黒目がちな小さな目をぱちぱちとさせる熊住は、穴倉で心地よい疲れを抱きながら、眠りに落ちる直前の獣のように見えた。

紗央は酒を一滴も口にしなかったが、それでもこの場の雰囲気に酔ったようだ。まだ智子以外、工藤にも話していなかったが、熊住に九月いっぱいで辞めるつもりであることを伝えた。熊住は相変わらず眼をしばたいて聞いていたが、ゆっくり言った。

「そうねぇ、土留さんのことは心配してないよ」

熊住はそのとき通りかかった店員を呼び止め、〆に焼きうどんと焼きおにぎりのどちらが良いかと、紗央に尋ねた。

「焼きうどんで」

熊住は横に大きな口の両端だけ少し上げた独特の笑みを浮かべた。

「欲しいもの、パッと選べる人は、どこでもやっていけるんじゃないかね」

「いや、ただ、うどんが好きなだけで……」

「でもそうねぇ、もっと学ぶことに貪欲になってもいいんじゃない。学ぶっていうのは仕事だけじゃなくて、周囲や会社から、吸収できること全部吸収したれって話。俺は直接、土留の仕事ぶりを見てるわけじゃないけど、しっかりしてると思うし、傍目にもちゃんとやってると思うよ？　でもどっかシラケてるんだよね。土留だけじゃないけどさぁ。クールなのとシラケてるのって、違うよ」

熊住の口調が、会社にいるときのそれに近くなり、紗央はやや緊張した。さん付けでなくなったことにも気付いていた。

「実は俺も文系で院まで出ちゃったんだよ。で、割とこう小難しいこととか話して、賢いほうかもなんて思ってたわけ。それで、会社でこき使われてカリカリ働く仕事人間なんて、エレガントじゃないなぁとか思ってたわけよ」

紗央は、飲み物が気管に入ってむせた。

「そうねぇ、俺がエレガンス語るのは問題あるだろうから、置いておくわ。つまりはどこかで見下してたんだよね、一生懸命働くってことを。でも社会出てみたら、世の中ハンパねぇ人いっぱいいるから。新人でもすごいの山ほどいる。仕事人ってかっこいいよ。刺激ある人たちと働けると、ホンット、おもしろいから」

熊住はまた、にゅっと笑う。本当に仕事が好きで、楽しくて仕方がないのだとその顔には書かれていた。羨ましい。悔しい。紗央は勤務初日に言われた熊住の言葉を、思い出していた。

「土留は、面接のとき繊細な自信家って感じでおもしろかったけど、そういうのは全然ありだと思うよ。ただ、どこにいてもずっと挑んで、学んでいったらいいと、俺は思うよ」

紗央は電車のドア横に立ち、窓を見ていた。窓に映る自分の顔を睨みつけていた。あの男に、大きな目だと言われたそれが、らんらんとしていた。黒ウーロン茶を三杯も飲んだ冴えた頭で、今一度、自分を見つめ直すべき時だ、と確信していた。向き合ってこなかったものに、向き合うべき時だ。その考えはふつふつと沸き立ち、紗央を内側から熱くさせた。

父親に、会いに行こう。やっぱり夏休みをとろう。夜行バスならそんなに高くない、と紗央は思う。これが子供っぽい衝動であり、感傷であったとしても、一体なにが悪い。

父に、暑中見舞いでも出そう。この夏に行くと予告してやろう。紗央は未だに小中学校の先生に年賀状を出している。季節の便りというものが好きで、そんな自分も嫌いではない。

家に帰ったらすぐに書こう。いつもならパソコンで文面を考えてから書き始めるが、それも不要だ。お気に入りの青いインクで一気に書こう。短くてかまわない。近々会って話すのだから。

フランス旅行のお土産にもらった、黒猫の描かれたチョコレート缶が紗央の切手入れだ。もう十年以上愛用している。そういえば、六十三円切手がまだあっただろうか。まずは確かめよう。なければ明日の朝、コンビニで買えばいい。

郵便局で限定販売される美しい切手を買うのにこだわっていたこともあるが、シンプルな手紙や葉書には、シンプルな切手でも良いと考えるようになってからは、紗央は近場ですませている。

駅に着くと、もう暗いというのに「隣人を愛せ」とプラカードを掲げて静かに立っている人たちがいた。宗教団体だろうか?

いつもはこうした集団を警戒する紗央だったが、なにか気になり歩をゆるめて掲げられた文字を目で追っていると、集団のひとりが近づいてきて、ビラを差し出された。その人の一連の動作があまりにも自然だったので、紗央もまた気付けば受け取っていた。彼らは惑星難民Xを受け入れることで地球人の罪は軽減されるという自説を持ち、人類にそれを知らせるために立っていたのだった。

紗央は「惑星難民X」に関するあらゆる情報に食傷気味であった。だがあえて考えることを避けてきたこの問題にも、向き合うべき時なのかもしれない。

まっすぐに家へと帰りながら、二十代の日本人平均情報をスキャンさせられた惑星難民Xの仕事について考えた。彼らもまた派遣社員になったりするのだろうか。そう思うとおかしくて、不憫だった。

不憫？

その言葉が、紗央自らを傷つける。惑星難民Xは、二十六歳の平凡な自分と何が違うというのだろう。紗央は自問する。自分はかわいそうで、不憫なのだろうか。

そんなことは、断じてなかった。

智子は、熊住は、工藤は、あの男は、どうだろうか。彼らと惑星難民Xは、どれだけ違うといえるのだろう。紗央のなかを、はっきりと定義できない感情がとぐろを巻き、嵐となりそうだった。

ビラをバッグにしまい、いつものポケットに社員証が入っていることを確認した。これを届けてくれた人も、Xかもしれない。

紗央は走り出したい気分だった。だから走った。そして今すぐ、パソコンに向かって真っ白なＷｏｒｄを開き、まだ形になっていない、この衝動の芯を捉えたかった。

＊

笹が働いている編集部では、読者が怖いもの見たさや好奇心から頁を繰る手が止まらなくなるような、尖った記事が好まれた。少しフライング気味のエンタメ週刊誌で、報道誌ではない。正確さよりも、巷に話題を振りまくことのほうが大切であった。

笹はもともと報道記者を志してこの道に入ったのだが、大手は高学歴で専門知識がある者で固めており、もぐりこむ隙はなかった。

育ての親である祖父は高校生のとき、祖母も大学生のときに亡くしている。笹は二十歳そこそこで天涯孤独の身となり、大学は中退した。バイトをしていた編集部で、憧れの記者としての仕事ももらえるようになってからは、それに食らいつき今日まですごしてきた。

この仕事は生き馬の目を抜く世知辛《せちがら》さで、気を抜くとたちまち最前線から置いていかれる。悪人が平気で嘘をつくように、記者もまたどんな手を使ってでも事件や対象の情報を手に入れ、時に非道に追い詰めるようなことも書いた。当初は心が痛むばかりだったが、やがて過激な攻防戦にこそ興奮を感じている自分がいた。

惑星難民Xは、時事ネタでありながら、SFでもあり、全国民にとって関心が高い。こんなおいしい話題はそうそうあるわけはなく毎号力を入れて特集を組んでいたが、ネタには限りもある。それを逆手にとって「読者に聞いた！　惑星難民Xの嘘ホント⁉」という、読者のお便りを当てにしたコーナーまで作ってしまった。そしてこれが、大成功の人気コーナーとなり現在も頁を拡大し継続中だ。

自分の意見を語りたいだけの投書が大半だったが、ありそうな話やおもしろい切り口は、あくまで読者の聞いた噂、と断定は避けてバンバン掲載した。自分が惑星難民Xに狙われているという被害妄想を持つ者、惑星Xからコンタクトがあったと主張する者、無色透明状態の惑星生物Xを見たという者まで現れた。

他誌との差別化を図るために、ガセネタでもいいから飛びつきたいという心境で、時には投稿者に取材を申し込み、噂を検証するレポート記事も書いた。笹も何度か担当させられたが、いい加減うんざりしてきていた。

そんなとき、その封書が届いた。一月一日のことだ。


笹はクリスマスも大晦日も働いた。年越しの瞬間すら、狭いアパートで黙々と記事を書いていた。日常が根本から覆され得る惑星人問題を尻目に、例年通り年末イベントに気もそぞろで、お祭りムードに染まる世間に苛立っていた。

いつのまにか笹は走っている。真っ白な空間に白い壁が続き、細い路地を形成して迷路のようだ。これは夢だ、と自分でもわかった。惑星人を追っているらしい。夢のなかでまで仕事熱心なこった、と内心苦笑しつつ、前方を駆ける者を逃すまいと必死だった。

既にヒト形になった惑星難民Xとみえ、白いワイシャツに白いパンツ、そして白髪だった。時折こちらを振り返るのだが、明るすぎる白い光のせいで顔が判然としない。ホワイトハウスでの会見からほどなくして、惑星難民Xは既にアメリカ以外の国にも生息していると一部でささやかれ始め、笹もほぼ確信していた。そして今、目の前にいる。アイツがX！　夢であっても特ダネはモノにするのが記者だ。

笹はじりじりと差を詰めた。そして飛びかかるようにして、やっと腕のあたりを摑んだ。惑星難民Xが振り向くのと、摑んだ手の指先に静電気のようなものが走ったのがほぼ同時だった。

笹がビクッと身体を震わせて起きると、外は穏やかな青空が広がり、元旦にふさわしい気持ちの良い朝だった。しかし笹の手には惑星難民に触れた生々しい感覚と、わずかなしびれが残るようで、気分は冴えなかった。初夢にしては刺激が強すぎた。元日は編集部も休みでのんびり寝正月を決め込むこともできるが、笹は妙な焦燥感に捕らわれ、シャワーを浴びて会社に向かった。

編集部の郵便受けを覗くと、形式だけの年賀状がそれなりに届いていた。平和だった。惑星人に踊らされている自分がふと滑稽《こっけい》に思えた。だが郵便物を選り分けていくなかで、宛名も差出人もない真っ白な封筒を見つけ、笹は息をのんだ。誰かが元旦に、この手紙を直接届けに来たことになる。

笹は息を整えてから、それを開いた。「惑星難民X」の文字を切り貼りした手紙と共に、一枚の写真が同封されていた。手の込んだいたずらをする輩も多く、普段なら気にも留めないだろう。しかしその写真を一瞥した瞬間、夢のなかで感じたものと同類の電気が身体を駆けぬけた。

笹は唖然とした。この写真の男は、夢で追っていたアイツと似ていないか？　というよりアイツではないか？　髪の毛は真っ白だが、よぼよぼの老人という感じではない。七十前後か。

十年以上記者として経験を積み、直感は信じるに値すると学んでいた。この男はごく普通そうに見えて、誰とも違う。日本人を装い、シレッと生きている惑星難民X――笹は武者震いした。

写真に写り込んでいるビル名から、すぐに中部地方にある街を割り出した。デスクに頼み込み、すぐさま飛んだ。

笹が写真を見せて聞き込みをして歩くと、呆気ないほど簡単に男の正体は判明した。柏木紀彦、七十五歳。定年退職後も、勤め先だった地域の交流センターには度々顔を出しており、今もイベント時にはボランティアスタッフとして手伝うこともあるという。かつてはこの近隣で初めてとなるコンビニ経営もしていたらしく、長年この地に住み、地元の付き合いを大切に暮らしているようだ。

惑星難民Xではないのか？

笹は数日にわたり紀彦をつけた。ほとんど住まいである古い団地を出ず、午後の散歩がてら、スーパーで買い物をして帰るというのが日常の基本パターンのようだった。中流階級の模範的な慎ましい暮らし。だが笹は、紀彦を見れば見るほど、なにか確信めいた気持ちが生まれた。この普通さがかえって怪しい。尾行は気付かれていないようだが、単に気付いていないふりをして、普通を装っているのかもしれない。いずれにせよ、怪しい。

妻である麻美は明るくおしゃべり好きそうな女性で、やはり普通だった。笹はサングラスにハンチングをかぶって顔を隠し、あえてわかりやすく探偵風を気取り、押し殺した低い声をかけた。

「あなたの職場の同僚について警察から調査依頼がありましてね。デリケートな内容なもので、内密にお話聞かせて頂けませんか」

麻美は、なッと驚愕の声を発し、じりじり退いた。うろたえぶりは気の毒になるほどだったが、最後には笹の話を全て信じ込んでいて、声をひそめながら必死に話してくれた。

この人に嘘をつくのはたやすい。惑星難民Xが丸め込むことなど造作もないことだと、笹はこの初老の婦人を哀れに思った。

二人には一人娘がいることもわかった。同級生、元同僚、と辿っていくうちに、男関係のだらしない女性で、かなり問題を起こしてきたらしいと知る。現在は笹の家からそう遠くない東京近郊に住み、バイトで食いつないでいるらしい。

笹が良子と出会ったのは偶然ではなく、紀彦の身辺調査の一環だった。想定外だったのは、良子と接触後すぐに再会し、話す機会を持てたこと。良子のことが気になってしまったこと、だった。

良子は地味で、儚いもろさがあった。事前情報から想像していた悪女とは全く結びつかず、笹はこの女に騙されているのではと勘繰ってしまうほどだった。そのせいもあるのかもしれない。とにかく笹は、良子のことをもっと知りたい、と思ってしまったのだ。

良子と深い関係になれば、紀彦の正体にも近づけるかも……

良子への個人的な関心を、そうこじつけて正当化する。首尾よく合鍵を手に入れ、良子の不在中に部屋を捜索するような真似もしていた。世界的大スクープのためだ。自分に言い訳しながらも、良子への後ろめたさは強くなるばかりだった。紀彦のことなんて忘れ、良子自身との付き合いを大切にしようと心に決めたこともある。だが、良子から紀彦の話を聞くと、再び記者魂に火が付くのだった。

笹の本名は別にあった。自分が良子を欺いているのだが、良子の信じる笹憲太郎という男であり続けたいと願った。

しかし、いよいよ紀彦と対面したとき、もう笹は笹として存在できないと悟った。初めて写真をみたときに感じた電気の比ではない、稲妻のような衝撃が身体を走った。握手する手が震えていないかと冷や冷やした。だが笹の緊張は、良子とその両親には当たり前にも映るはずだ。心配ない。大丈夫だ。笹はかろうじて笑顔を保って話をすることができた。笹は紀彦と麻美に質問する。

「お二人の出会いはどこだったんですか」

会社のお得意さん、だという。仕事関係であるとは笹も摑んでいた。慎重に紀彦のルーツに遡《さかのぼ》るべく、言葉を選んで話を運ぶ。

紀彦は出身大学として関西の有名なマンモス校を挙げた。生まれは内陸らしい。だが、亡くなった紀彦の両親については言葉少なだった。良子も父方の祖父母については、小さい頃に亡くしていると言い、よく知らなかった。センシティブな話題でもあり、笹もあまり強くは踏み込めなかった。

「惑星難民Xについて、どう思いますか」

笹の仕事について聞かれたとき、うちの雑誌でもよく特集を組むんですよ、と前置きをして、自然に尋ねることができた。

麻美は、そうねぇ、やっぱり怖いわよねぇ、と眉をひそめる。

「難しい問題ですね」

紀彦は、笹が受け入れに賛成か反対かと尋ねても、どちらとも取れそうな微笑を浮かべ、それしか答えなかった。

その後、取材があると紀彦たちの家を辞し、良子とも駅で別れた。駅の向こう側に下りてしばらく歩き、紀彦との会話からキーポイントになりそうな部分をすぐさまメモする。

駅に戻り、良子の姿がないことを確認すると、再び団地に向かった。望遠カメラを取り出し、紀彦が出てくるのを待つ。隣の建物の踊り場は、紀彦たちの家の玄関が見える絶好の張り場だった。数時間後、紀彦は麻美と二人で手ぶらで出てきた。日課の散歩の時間であると、笹は知っていた。すばやく写真を撮ると、駅に戻った。

紀彦は惑星難民Xである。人々の前で走り回り、叫び、高らかに宣言したい衝動にかられた。理屈ではなく、笹にはわかった。証明することはできない。だが噂として取り上げるには十分すぎるほどだ、と確信していた。

良子との旅は、これが最初で最後になると予感していた。だから笹は、せめて美しい思い出で終わらせたいと温泉宿を予約していたのだが、血が沸き立ち、もはや恋なんぞは眼中になかった。

笹は和室の広縁にこもって仕事に没頭した。半年以上かけて調べてきたことが、今実を結ぼうとしている。それも世界を揺るがす、恐ろしい事実の提示だ。その高揚感ときたらなかった。

良子を温泉に行かせると、デスクに電話した。窓の外に目をやれば海が見え、夕陽にそまり毒々しい赤紫に輝いていた。

「急げ。他がもう、どっかのおっさん捕まえて〈惑星難民Ｘは日本にもいる〉ってスクープしてるぞ」

「あぁ、見ましたよそれ。ありゃ完璧にデマですね」

「おまえが追っかけてるじいさんと、なんの違いがあるってんだよ。デマかどうかなんて読者にはわかんねぇだろが。おまえは本物摑んだってなら、納得させる記事書け。だけどな、噂は噂。今更言うのも野暮だが、突っ込まれたときの逃げ道は、用意しとけ」

「任せてください」

水平線に触れた夕陽は豪奢《ごうしゃ》にゆらめいて見えた。だがその美しさは一瞬で、どんどん海へ溶けていく。濃紺の海もまた赤へ、紫へと色を変え、今や闇を含むとっぷりとした黒に変わっていた。

笹は電話を切った。悪者になる覚悟はとうにできていた。

*

良子が早朝の仕事を終え、家で仮眠を取っていると、携帯が鳴って起こされた。母、麻美からの電話だった。メッセージは多いが、電話とは何事かと訝しむと、いきなり泣き声の訴えだった。

「お父さんのこと、誰かがひどいこと言ってる！」

麻美は週刊誌を買ったことがない。年に三度行く馴染みの美容院や、歯医者の待ち時間にぱらぱらめくる程度だった。だが笹が週刊誌の記者と聞き、ちゃんと読んでみようという気になったらしい。

「笹さんが書いてる雑誌だよ。なんとか言ってもらってよ」

実家に顔を出したすぐ後に、笹と別れたというのは気が引けた。両親も責任を感じてしまうかもしれない。良子は麻美から笹の話題が出ると、毎回適当に流していた。

「とにかく読んでから、また連絡するから」

良子は本屋に走った。先ほどまで働いていたコンビニにも、その週刊誌を置いてはいたが、顔見知りに購入するところを見られたくなかった。平積みの雑誌の山から、それを手にした。

見開きにわたってセンセーショナルな煽りがついたその記事を見つけ、良子の脚は震えた。その場にへたりこみそうになるのを堪えたが、頭の芯に杭を打ち込まれたようだった。それは痛みを超えてしまった無痛で、思考が停止しそうになる。

白黒で顔をぼかしていても、背格好と白髪から、それが父、紀彦の写真だと一目でわかった。カットされている写真に一部だけ写り込んだ肉付きの良い腕は、おそらく麻美である。

紀彦が「惑星難民X」だという無記名の情報が寄せられたことを発端に、秘密裏に調査が進められたということらしい。記事の結びで断定こそしていないものの、まるで紀彦が惑星難民Xであると認めたかのような信じがたい内容だった。

麻美は、笹が持参して見せた記事の署名「池垣わたり」が、笹の筆名だと信じていた。だがこの記事を書いた「合馬川武《おうまがわたけし》」もまた、ゴシップ系記事に笹が用いるペンネームだった。

笹がどうしてあれほど家族のことを聞きたがったのか、父に対して緊張していたのか、あの日から態度を変えたのか、最後に「ごめん」と言ったのか、その全てが繋がった気がして、良子は気が遠くなるような疲労感を覚えた。

それからというもの、実家の前には数名の記者が張り付いているようで、散歩はおろか、スーパーに行くこともままならない。麻美は記者に囲まれると、怒りと恐怖から泣きだしそうになった。麻美が情緒不安定に陥るなか、惑星難民X疑惑をかけられた当の本人である紀彦のほうが、万事に冷静であった。

「証拠もないのに、人権侵害のようなことを言える輩がいるとは呆れるばかりです。それに乗っかる人間もね」

紀彦の丁寧だがキッパリとした受け答えは、矢継ぎ早におもしろおかしい質問を投げかける記者を静かに圧した。だが、翌週も笹は第二弾の記事を発表し、良子たちを追い詰めた。

ネットから生鮮食品を購入でき、宅配もしてもらえることを教え、ほとぼりが冷めるまで決して家から出ないように、と良子は両親に繰り返した。これ以上、好奇の目にさらされ傷ついてほしくない。

いつものようにコンビニでレジをさばいていると、ホットスナックや煙草やらを細々と後出しで頼んでくる妙な男性客がいた。良子の顔色を窺っているようなところがあり、嫌がらせかと思ったが、普段通りの丁寧な接客を心がけた。

家に帰ろうとすると、先ほどの客が良子を待ち受けていた。

「さっきはどうも、すみません。いやぁ、すごい手際の良さですね。お父さんの仕事を手伝っていたせいですか？」

良子はびくりとして立ち止まり、男を睨んだ。しまりのない口元に、気味の悪い笑みを浮かべていた。良子は男を無視した。くるりと踵を返し、駅方面に向かって歩いた。男はしつこく良子につきまとい、わざと周囲の人に聞こえるような大声で、紀彦について質問を続けた。良子は悪意に打たれながら、無言を通した。

「すみません、変な男につきまとわれて」

一直線に交番に入った。以前、社員証を届け出たとき対応してくれた若い巡査がおり、慌てた様子で外に出て辺りを見回したが、既に男の気配は消えていた。

「なにがあったんですか。顔見知りですか」

良子は実直そうな青年を見つめた。彼は良子のことを覚えていないようだった。あの社員証を拾った日、笹に両親に会いたい、と言われたのだ。良子は巡査を見据えたまま、涙を溢れるままにさせた。巡査は困ったことになったという顔で、ぱちぱち瞬きするばかりだった。


午後、宝くじ売り場に出かけたときも、良子は誰かに見られているような気配を感じた。ボックス内に落ち着いていても、窓口に朝の男のような者が押しかけて来たら、逃げ出すことも追い払うこともできないと思うと、気が気ではない。

仕事を終えると自転車を全力で漕ぎ、一目散に帰宅した。家から出ることが恐ろしくなり、母が連日のように泣き声で電話をかけてくる気持ちもわかった。良子ももう、ギリギリだった。

コンビニと宝くじ売り場それぞれに体調不良を告げて、しばらく休ませてほしい、と連絡をする。三年間、ほぼ皆勤賞の働きぶりをみせてきた良子の擦り切れ声は、有無を言わせない迫力があった。

良子は家にひとりでいることを、こんなに不安で恐ろしく感じたことはなかった。だが甘えられる人間など誰もいない。

ティーン。ほぼ使うことのないショートメールの音が部屋にこだました。良子の全身に緊張が走る。携帯をねめつけながら、番号を手にした記者がコンタクトしてきたのだろうかと警戒する。

「りょうこさん、こんにちは。だいじょうぶですか。かぜですか。元気ではやくなるといいと思う。なにか必要ですか？　そのときはメールしてください。リエン」

良子は脱力した。噴き出した。ありがたくて、仕方がなかった。リエンには、バイト当日に遅刻したり、休むことになったら連絡するようにと番号を渡していたことを思い出した。今まで一度もそのようなことはなく、いつも良子より早く来ていたので、これがリエンからの初めてのメールだった。

良子はすぐさまリエンに返信しようとしたが、ふと手を止めた。笹に投げつけた小物たちは、既に全て処分していたが、まだ捨てられていないものがあった。

「お仕事忙しいかな？　無理しすぎないようにね。おやすみ」

笹に送った最後のメールを、答えのなかったメールを、良子は穴のあくほど見つめた。笹に感じたあの安心感は一体なんだったのだろうか。ここまで残酷な男とどうして見抜けなかったのか。

笹とのメールの履歴を消した。番号も消した。二人の間に通じ合うなにかがあると感じたのは、良子ばかりだったのだろうか。

壁掛けカレンダーの最後の月を開く。携帯をなくしたら笹と会えなくなってしまうと恐れた良子は、ここに笹の番号をメモしておいたのだった。良子はその数字ごと、十二月を引きちぎった。

*

全てを吐き出した後、リエンはなにか吹っ切れたようだった。抱えていた不安を、拓真にも全部伝えた。つっかえながら辞書を引きながら、リエン自身もまた説明が難しいことは語るのを避けていたのだと反省した。

言葉を探しながら、拓真の顔色をうかがって、嫌われないよう、愛されようと自分を押し殺していてはいけない、と思えた。感謝して頼ることと、失うことが怖くて従属することは違う。

それでもやはり、拓真の反応は恐かった。だが意外に思えるほど、拓真は辛抱強くリエンの声に耳を傾けてくれた。

「わかった」

その一言の後、拓真は武骨な手をリエンの頭に置き、漆黒《しっこく》の髪を愛でるようにすべらせて、なでた。リエンは目を見開いた。ベトナムでは、子供の頃の話ではあるが、頭の神様が逃げてしまうとタブーにされている行為だった。大人になってこうして頭をなでられるとは。

だが、感じていた。この愛撫に、どれだけの気持ちがこめられているか。拓真の大きな手が行き来し、やがて頰で止まると、リエンの瞳に語りかけるような平らかな眼差しを送った。

赦《ゆる》しあうというのは、このようなことではないか。リエンは拓真の手に、日焼けした飾りっ気のない自分の手を重ねた。

数日後、通勤ラッシュで店が慌ただしくなる前に、会話の流れで良子に彼氏ができたことを話せた。できるだけ平然と言ったつもりだが、発した声が不自然に高いようでリエンは恥ずかしくなった。

「おめでとう！」

良子の顔はパッと明るんだ。良子の笑顔はいつも草花のような優しさで、花火のように華やかな笑みは見たことがなかった。こんなに喜んでもらえるとは想像もしていなかったが、リエンも嬉しくて自然と心からのスマイルが浮かんだ。

それからよく、良子は声をかけてくれる。

「最近アカヌケタね」

これは意味がよくわからなかったが、拓真に関わる言葉だろう。とにかく誉め言葉であるらしいと感じて、ニコニコする。

「更にかわいくなったなぁ」

これは嬉しかった。本当だとしたら、拓真のおかげというよりもオシャレで美人なマリナの影響が大きいだろう。

連絡先を交換したマリナから、ランチしようとメッセージが届いたときにはびっくりした。リエンに気を遣って番号を聞いてくれただけだと思っていたが、まるで本当の友達のようではないかと約束の日が来るまでドキドキして落ち着かなかった。

日本人の女の子と二人だけで遊びに行くのは、リエンにとって初めての経験だ。ナポリタンを食べよう、と待ち合わせに古書店街を指定され、リエンはずいぶん早く到着してしまった。

マリナはレトロ喫茶巡りに凝っているとのことだが、コーヒーは苦手なため、もっぱらランチタイムか、喫茶利用ではパフェやパンケーキを食べているのだと、数々の写真を見せてくれた。

マリナの日本語は聞き取りやすかった。発音が明瞭なことに加え、あまり難しい言葉や文法を使わず、リエンが曖昧な顔をしていればすぐに違う単語に切り替え、意味を伝えようとしてくれる。

「マリナさん、日本語の先生になりますか？」

教育学部の大学生と聞いて、リエンはもしやと思った。だがマリナは笑って否定した。マリナでいいよ、とつけ加えながら。

実はマリナも、短期留学でイギリスで暮らしたことがあり、現地でとても苦労したのだという。だからリエンの悩みもわかるんだ、とほほ笑みかけられた。駅での号泣の後、もう泣くまいと再び心に誓ったリエンだったが、マリナの優しさに目がじんわりと熱くなる。

留学したのに英語が話せないままで恥ずかしいから、彼氏にも内緒にしているのだ、と舌を出した。

「だから拓真くんにも黙っててね？　約束だよ」

マリナはすっと小指を立てた。指切り、というのだそうだ。

「ベトナムにもあります。でも、この指」

リエンが人差し指を一本立てると、マリナは嬉しそうに、リエンの人差し指に自分の小指を絡めてきた。その指の白さと細さ、爪の美しさにリエンはつい見入ってしまった。

「国が違うと、言葉も文化も、いろーんなことが違うよね。困ったら頼ってね？　ひとりじゃないよ」

「……ありがと」

リエンは、ぶっきらぼうになってしまった。感謝を伝えるボキャブラリーは乏しいうえ、胸が詰まって言葉が出そうにない。

ふと思い付き、リエンは英語でマリナに話しかけてみた。だが、マリナは目を丸くして、エッ、と固まってしまう。確かにあまり得意ではないようだった。

「やっぱ英語、勉強し直さなきゃ。リエン、教えてくれる？」

リエンもそれほどのレベルではないが、大きく頷いた。マリナはリエンに日本語を教えてくれるという。与えられるだけではない、ギブ＆テイクの関係を持てることが、なによりリエンを励ました。

今朝も良子と一緒に仕事をするはずだった。だがその日、リエンと組むことになったのは、疲れた顔をした中国人留学生の徐《じょ》だった。良子は体調が悪いのでしばらく休むのだそうだ。

深夜シフトから連続して入ることになった徐とは、以前シフト交代時にオーナーの悪口で盛り上がったことがある。徐はリエンからしたら日本語マスターだが、それでも「なに言ってるかわかんねー」と言われるのだそうで、リエンは自分の先が思いやられた。

なんとかこの朝を乗り切ろうと、二人とも必死だった。しかし、リエンは自分が知る限り一度も休んだことのない良子が、突然休んだことが気になって、なかなか集中できない。

リエンは嫌な予感がした。昨日は、良子は元気だった。もしかして、良子もミーや先生同様、いなくなってしまうのだろうか？

徐は廃棄に回される食品をリエンとがっぽり山分けし、目をしょぼつかせながら帰っていった。リエンは普段ここまで大胆にもらうことができない取り分を眺めながら、良子の好きなあんぱんとねぎ味噌おにぎりをもらったのは初めてのことだと気付いた。

駅に向かいながら、リエンは早速それらをたいらげる。あんぱんの味は知っていたが、ねぎ味噌も悪くないと学んだ。

教室に着いたリエンは、昨年教壇に立っていた先生の姿を思い返していた。もう失ってから寂しい気持ちになりたくない。本当に良子の体調が悪いなら、自分にもできることがあるはずだ。

悩んだ末に、メールした。良子からはすぐに「とてもうれしいです、ありがとう。すこしつかれてしまったようです。ごめんなさい」と返信があった。ひらがなの文面に、良子の配慮が伝わり、じんとするものがあった。

翌日も良子とシフトに入るはずだったが、オーナーと二人になってしまった。オーナーは苦虫を嚙み潰したような顔で、たいそう機嫌が悪かった。良子に休まれるとは夢にも思っていなかったようだ。

「それで謝ってるつもりか!?」

リエンは男性客に怒鳴られた。リエンがいくら謝っても、男の怒りの火に油を注ぐだけのようで、リエンは困惑する。

温めた弁当を渡すときに、あついです、と注意はしたのだが、男は受け取ったレジ袋の底に触れて叫んだ。

「あっつッ」

火傷するとこだったじゃねぇか、いや火傷した、と吠え立てる。

「どういう教育してんだよ、これだからガイジンはよ」

リエンは頭を下げ続けたが、理不尽さに耐えるために、ギュッと目をつぶった。

「店の責任者どこだよ、ちょっと言ってやるわ」

そのとき、レジからオーナーが飛びだした。男の前に躍り出ると、這いつくばるように土下座をした。

「大変申し訳ございません！　教育を徹底いたします！」

男はいきなりそこまでされるとは思わなかったのか、凍った空気と周囲の視線に気が付いたのか、しょうがねぇな……と気まずさを隠すように、ぶつぶつとつぶやきながら去っていった。

リエンはやっと顔をあげた。ここまでしなくてはならないのか。オーナーが床に両手をついた先ほどの場面が、いつまでも目の奥にこびりついて離れなかった。醜かった。

自分の代わりに謝ってくれた、という気はしなかった。リエンのせいにして謝ってしまうほうが楽だっただけだ。

事実、オーナーは何事もなかったかのようにレジに戻り「大変お待たせしました、申し訳ございません」といつもの台詞と共に業務を再開した。リエンのことは完全無視だった。

仕事が終わり、お疲れさまでした、と声をかけても、すみませんでした、と謝っても、オーナーの返答はない。やるせない気持ちで事務所を出ようとして、そういえばと落とし物が保管されているダンボールを覗いてみる。ナイフの落とし物は今もそこにあった。

リエンはナイフを手にする。小さいが、ずっしりとした重さがある。しまわれた刃を手で引き出す。その切っ先に触れる。こんなもので、人を刺したり突いたり引き裂いたりできるらしい。

オーナーは、もし自分がこのナイフを突きつけられて震えていたとしても、守ってはくれないだろう。どうぞヤッちゃってください、ともみ手して差し出すだろう。

リエンはナイフの刃をしまった。これを持ち帰ったところで、誰にもばれないのではないか。魔が差した。ポケットに入れた。

重い。

どっと冷や汗が出た。慌ててナイフを箱に戻し、事務所を出た。

今日の授業でもプリントが配られたが、先ほどの滑稽な茶番劇を思い返すと、勉強もなにも手に付かなかった。突然視界にぼんやりした膜がかかり、大切な物事を見えにくくしているようだった。

チャイムの音にクラスメイトが散っていく。リエンもカバンにプリントをしまいながら、何の気なしに窓の外に目をやった。

──おばあちゃん先生？

リエンは教室から転がり出て、走った。こちらに来てから全力で走ったのは初めてのことだった。猫背で小柄。白髪染めしたボブカット。それにあんな小豆色のバッグを肩にかけていた。

「せんせーっ！」

懐かしい後ろ姿に駆り立てられ、リエンは疾走した。だが追いつかなかった。ぜえぜえと肩で息をつき、喘ぐように息を飲みこんだ。周囲の学生たちがくすくすと笑っているのがわかったが、リエンは先生と思《おぼ》しき婦人が消えていったであろう方角を見つめた。

教室に戻ると、既に無人だった。片付け途中だったノートなどをカバンに入れていて、目を疑った。まさか。財布がない。

授業が始まるとき、確かにそれがカバンのなかにあったことを覚えている。机のまわりに落ちていないか、屈みこんで探す。

リエンは立ちあがれない。歩き出しても、よろめいてまっすぐ進めなかった。ようやく教室から出かけたが、倒れそうな身体を扉にもたせかけると、ずるずるとうずくまってしまった。

「大丈夫ですか？」

黒いリュックを背負った青年が、心配そうにリエンに声をかけてくれた。リエンを立たせ、教室に引き返すと椅子に座らせる。

「誰か呼んできましょうか？」

　この男のことは見覚えがあった。リエンはぼんやりした頭で、専門技術に特化して学んでいるクラスに出入りしている人だ、と思う。外国人留学生と日本企業の橋渡しをしてくれるらしい。リエンは自分もお願いしたいなと羨ましく思ったものだ。

　リエンは、ありがとうございます、ちょっと疲れただけです、と説明した。図らずも、良子がリエンに返した言葉と同じ内容であることには気付いていなかった。

「そうですよね、そういうこと、ありますよね」

　男は妙に深く頷き、辛そうに笑った。その無理やり浮かべた笑顔に、今度はリエンのほうが心配になる。

　リエンが男の仕事について聞くと、やはり想像通りだった。二人はとつとつと、お互いの「ちょっと疲れた」ことを話した。

　ずっと伏し目がちだった男が、視線をあげた。ガラスのようで、不思議な透明度のある目だとリエンは思った。

「僕も本当にそうなんです。自分含めてなにも信じられないというか、もう自暴自棄に——どうでもよくなって、死んだほうがましかって思うこともあります」

　リエンは驚愕した。日本の自殺率の高さは有名だったが、こんなまじめで優しそうな青年が、軽々しく死を口にすることに、リエンは異常さを感じずにはいられない。

手が冷たくなる。

リエンの不安が伝わったのか、男は少し笑ってみせた。先ほどとは違う、温度の感じられる笑みだった。

「でも、自分も人を傷つけたりしてるんですよね。バランスをとるために、おかしくなっちゃうことってあるじゃないですか。そういうみっともない姿をさらして、なんとか生きてる」

男はゆっくりと自身に言い聞かせるように言ったが、リエンは自分のことを話しているのかと思い、ドキッとする。駅で絶叫した夜のことを思い出していた。バランスをとるために、おかしくなる。その感覚がリエンには理解できた。

男のガラスの目を見つめているうちに、ロンのことが浮かんだ。ロンは就職支援会社にサポートしてもらったおかげで、日本で働き口が見つかり、今のポストに繋がったのだと感謝していた。

男のことを励ましたい一心で、リエンはロンのことを話した。男は始め、そうですか、とおとなしく聞いていたが、だんだん顔色が変わり始め、最後には幽霊とすれ違ったような顔をしていた。

「もしかして、僕のことかもしれません……」

ロンを担当した男は新人で、ロンが初めての受け持ち留学生だったが、親身に話を聞いてくれてとても熱心だったという。だが就職支援会社の提携受け入れ先企業や工場に、ロンは入れなかった。

しかし男は諦めなかった。提携先がダメならと、大変優秀なベトナム人の学生がいる、と飛び込み営業をして回り、男の熱意に押し切られた形で、ロンを雇ってくれる会社が現れた。そこでロンが結果を出し、翌年も留学生がその会社に迎え入れられたのだ。

お互いにロンのことを語れば語るほど、それはあの努力家で賢く、実は情に厚いロンに違いなかった。男は目を赤くしていた。

「そうですか、今は日系企業で……」

男は洟《はな》をすると、照れ隠しのように窓のほうを向いた。リエンもまた、外を見た。空には雲ひとつなかった。カーテンのない窓からは光が好きなだけ入ってきて、二人にも届いていた。

「リエンさんも、彼のようになってくださいね」

男の声を追いかけるように、ロンの声が聞こえた気がした。

――とにかく勉強しろ。

そのとき、肩の力が抜けた。ふっと視界の膜が消えた。コンビニは辞めよう、と決めた。身体も心も限界に近かった。少なくとも日本留学試験が終わるまで、バイトは居酒屋だけにしよう。仕送りが減ることは申し訳ないが、家族はきっとわかってくれる。

良子に会えなくなってしまう、という寂しさがよぎったが、そんなことはないと思い返した。会えばいい。会いに行けばいい。自分は決して、好きな人たちの前から黙って消えたりしない。

「チュック・マイ・マン……ですね。お互いに」

男は頰を掻いて言った。がんばって、と言ってくれた。

握手して別れた後で、リエンは男の名前を聞きそびれたことに気が付いた。だが大したことではない。またきっと会えるだろう。

財布が盗まれて、昼の買い物はできないと拓真にメールすると、しばらく経ってから、うまいもん作っとく、とだけ返信があった。

拓真はこの夏、夜のドカチンをしている。昼は死ぬほど暑いから無理、と言っていた。冬に昼間の工事現場で働いていた時は、夜は死ぬほど寒いから無理、と言っていた。

リエンがアパートに着くと、拓真はもやしと豚肉炒めを用意し、ご飯も炊いて待っていてくれた。塩コショウがきつめではあったが、拓真のうまいもん、が空腹と哀しさをあたたかいもので満たした。

「財布、いくら入ってたの？」

「八百円くらい」

拓真は食べていたものを噴き出しそうになって、手で口を覆った。

「他に、カードとか、いろいろなもの」

リエンは反発しようとムキになったが、笑い飛ばしてもらうと気持ちが楽になると知った。リエンもやがて一緒になって笑った。

午後、拓真は珍しく時間を気にしてパソコンを開いた。

二週間程前に週刊誌で「惑星難民Xか」と大々的に報道された男性がいた。一般市民である男性は口をつぐんでいたが、最近は彼を巡る噂がますます過熱し、なにを言っても許されるような空気になっていた。それが今朝になって、男性のほうから生中継で取材に応じると、報道陣に時間を指定したという。拓真の家にテレビはなかったが、ネット中継でも見られるらしい。

「あ、出てきました、出てきました！」

マイクを構えたアナウンサーの声が上ずっている。

「うわ、まじでフツーのおっさんだな。いや、じーちゃんか」

拓真の声にも興奮がまじっている。カメラの前に現れた白髪の男性は疲弊した様子だったが、受け答えはきっちりとしていた。

「まず最初にお伝えします。私は惑星難民Xではありません」

「それを証明できますか？」

「できません。ですがXであると証明もできません」

フラッシュの嵐。

「私は日本人ではないのかもしれません」

「えッ、いまなんて仰いましたか!?」

拓真は前のめりになって画面に見入っている。

「やべぇやべぇ！　この展開はやべぇよッ」

リエンは、このおじいさんのことが気の毒でたまらなかった。

「私は日本国籍を持ち、日本で育ってきました。それでもこのような根も葉もない噂が流れるということは、そういうことなのかと思わざるを得ないからです。私は自分を日本人だと今日まで信じて生きてきましたが、どなたか、どうか証明してくれないでしょうか」

報道陣はざわめく。

記者のひとりが甲高い声で叫んだ。

「この記事に対し、名誉毀損で裁判を起こされるおつもりは？」

「ありません。Xでも日本人でも、私のことを好きに呼んでくれてかまいません。私は今まで通り、静かに暮らしていきたいだけだということを皆さんにお伝えしたくて、この場を用意して頂きました。以上です」

男性はマンションに戻ろうとするが、彼を囲む報道陣がそれを許さない。怒号のような質問が飛び交い、暴力的なフラッシュが容赦なく男性に注がれた。

「このような疑惑をかけられたのは、なぜだと思いますか？」

「惑星人とのコンタクトも一切ないのでしょうか！」

フラッシュに光る、白髪。哀しそうな眼。リエンは辛くて見ていられそうにない。

椅子から立とうとした瞬間、あぁッ、というような声が聞こえて、カメラが揺れた。

男性の奥さんらしいふくよかな女性が、泣きながらマンションから飛び出してきて、報道陣の円形をかきわけ男性にしがみついた。男性は初めて慌てた様子を見せ、女性になにか言って聞かせるようだったが、女性のほうが腕を振り回しながら叫んだ。

「私はいいんです！　彼が何であったっていいんです！　彼は私と娘を守ってくれたんです、命をかけて、その一生をかけて、私たちの幸せを……」

顔を激しくゆがめて泣き崩れる女性を、カメラはむさぼるようにとらえて離さない。

「殴ったり蹴ったり、どうしようもない男がいて、でも私は、妊娠に気付いたとき、どうしても、産みたかった」

しゃくりあげ、言葉が切れ切れになった。いまにも倒れそうな女性を、男性が支えた。二人はお互いに寄り添うことで、なんとかその場に立っていた。

「あの人とは、とても無理、でした。それを彼が、支えてくれた。結婚して、くれた。娘のこと、自分の子として、くれた。惑星人、とか血が、繋がってない、とかどうでもいい、どうでもいい」

どうでもいいんですぅううううという絶叫をフラッシュが襲う。

「娘は、僕の子供だと思っています。僕の、たった一人の娘です。彼女は今、この騒ぎのせいで家から出られなくなってしまっています。報道陣の方々には、娘を傷つけるようなこと、追い詰めるようなことを、これ以上しないでほしい。お願いします」

男性の声も時おり涙に詰まったが、なお毅然《きぜん》とした態度を失わず、報道陣を見据えていった。女性は号泣して丸まっていたが、ビックリ箱から飛び出すように跳ね上がると、ほとんど天に向かって叫んだ。

「私たちを、放っておいてください！　これからも一緒に生きていきたいだけなんです、お願いします！　放っておいてください！」

女性の化粧は涙で流れ落ちていた。顔の皺やたるみや、乱れた髪や、血管とシミの浮き出る腕が、残酷に映し出されていた。

途中まで冷やかし半分で、にやにやと中継を見ていた拓真だったが、今や黙りこくっていた。パソコン画面を閉じる。

リエンは拓真に親指で頬をぬぐわれたことで初めて、自分の頬に涙がつたっていたことに気付いた。

＊

あの記事書いた奴、死刑！

編集部に脅迫状が届くことは日常茶飯事、とまでは言わないが、それなりにあることだった。だが今回は、会社の前でも抗議活動が行われ、今にも編集部になだれ込んできそうな勢いだ。

今度は笹が、報道陣に追い詰められる番だった。

「記事にも明記していますが、あくまで『噂』の紹介です。年明けにこのような読者の『お便り』がありまして――」

事がこれ以上面倒になる前に、編集部は早々に記者会見を開き、スーツに身を固めたデスクと笹が、長々と頭を下げて謝罪した。

あの日、生中継に身を投じた紀彦と麻美のように、笹たちは激しいフラッシュに叩かれていた。腰を九十度に折り曲げながら、この報道を良子も見るのだろうと考えると、笹は吐き気がした。

笹のアパートの前にいた同業者は、ようやく引いたようだった。しばらく編集部に寝泊まりしていた笹は、同僚に家の周りの様子を見てきてもらい、久々に帰路につくことができた。

記者会見で顔をさらしてしまったので、人込みを歩くときや電車に乗るときはマスクをして顔を隠し、常に俯くようになった。

笹は皆の前で頭を下げたが、敗北感はなかった。確信のもとに記事を書き、それが多くの人の目に触れた。やることをやったまでだった。今はただ泥のように疲れ、ベッドで眠りたいだけだ。

アパートは閑静な住宅地にあった。夜は街灯も少ないので暗く、零時をまわれば人とすれ違うということがほぼなかった。自分がもし女性だったら、このような立地は選ばないだろう。夜でも賑やかな繁華街のほうが、よほど安心して帰れるだろう、と笹は思う。

階段の電球は、忙《せわ》しなく点滅していた。蛾や虫たちが、切れかけた光のなかで浮び上がったり消えたりしていた。

その光を見つめすぎたためか、二階の薄暗い廊下を歩いていても、目がちかちかするようだった。そしてふと、一番奥の笹の部屋の前に誰かが立っていることに気付いた。

悪寒《おかん》が走り、笹は後ずさりした。だがTシャツ、ジーパン姿の見知らぬ男は、ずいずいと近づいてきた。それは髪を黒く染め、若者風の細いフレームの眼鏡をかけた紀彦だった。

「お仕事、遅くまで大変ですね」

今度は別の冷たいものが背中を走った。

「なんの御用でしょうか」

「ひとつあなたにお話ししておくべきことがあるんですよ」

紀彦は、最後に会った日と変わらない微笑を浮かべていた。笹は真意を測りかね、助けを求めるように左右に視線を泳がせた。

「電球、取り替えないといけませんね」

紀彦が笹の後ろを指さした。振り返ると、階段の電球は完全に沈黙し、ジジ、という虫の羽音が遠ざかっていった。

六畳にユニットバス、申し訳程度のベランダ。普段から散らかり放題だが、予期せず一週間近く帰れなかったので、更にひどいありさまとなっていた。帰宅したら捨てるつもりだったコンビニ弁当の殻にはコバエが飛び、酒やコーラの空き缶の周りには別の小さな虫がふよふよ漂っていた。そうした食べ物や洗濯物の山の匂いが混ざり合い、ムッとした臭気が満ちている。笹は自分の部屋ながら顔をしかめた。部屋を突っ切って、窓を開け放つ。

紀彦が玄関に突っ立ったまま、自分の様子をおもしろそうに見ていることに気付いた笹は、喧嘩腰に口を開いた。

「どうやってここを調べたんですか」

「惑星人のネットワークをなめてもらっちゃ困りますね」

笹はカッとする。この状況で皮肉がいえるとは食えない爺だ。

紀彦は靴を脱ぐと、玄関の隅に丁寧に揃えて並べた。その動作が、良子のそれにそっくりなことを認め、笹の胸の奥が痛んだ。

「謝ります。あなたと奥さんと、良子さんに……でも僕は直感したんですよ、あなた普通じゃない。いや、普通すぎる」

「だから惑星難民Xだと?」

紀彦は笹をからかう余裕もあるようだった。笹は自分の顔が醜く歪んでいることに気付き、紀彦に背を向けた。淀んでいる部屋の空気ではなく、外の空気が吸いたい。

紀彦は見た目が変わっただけではなかった。言葉のひとつひとつ、動きの端々に奇妙な威圧感があった。相対したときに受け取る印象は完全に違う人間のもので、笹は異様な違和感を持った。

いつのまにか笹の背後に立っていた紀彦が、すっと窓を閉めた。

「なんなんですか！」

笹は退路を断たれた仔羊のように怯え、再び窓を開けようとしたが紀彦によって制された。

「話があるんですよ。言いましたよね」

紀彦はカーテンも閉めた。もう笑ってはいなかった。

押しつぶされそうな圧迫感から逃れようと、笹は紀彦から距離を取ろうとした。そのとき突然、紀彦は笹の首筋に手を伸ばした。

笹の身体の内を、あの稲妻のようなものが走った。目の前は真っ白に燃え上がり、その衝撃に耐え切れず、床に手をつく。

「君は日本人ですか？」

笹の頭はガンガン鳴っていて、良く聞こえずに紀彦を見上げた。紀彦は、ひざまずいた笹の目線に合わせてしゃがんだ。

「忘れてしまったようですね。まぁそれもしょうがないかもしれませんが。この国に放たれたとき、あなたはあまりに小さかったから。当時、あなたのようにまだ自活能力が備わっていない者は、別のXたちと共に生活していたはずだ。とはいえ一人で生きていける者も、だいたいは数名で家族の単位を形成していましたが」

紀彦は口を閉じた。笹はその動かない硝子《がらす》玉のような目が、自分を映しているのか、誰を映しているのか、わからなくなる。なんの話をしているのかと、パニックになる。

「なにぬかしてやがる、バカ言っててんじゃねぇ！　俺は人間だ、日本人だッ！　じーちゃんばーちゃんだってッ――」

紀彦は感情が読み取れないその目で笹を見つめ、静かに言った。

「それでいいと、私も思いますよ。あなたはもう日本人だ。自分で心底信じられるほどに。ただ一目見て、私にはわかりました」

紀彦はゆっくりと立ちあがった。笹は立ちあがることはおろか、顔をあげることすらできず、震えていた。

「私は君が、仲間を脅かすために飼われた犬であることを恐れたんです。またああいったことが起きるのは不幸ですからね。それなら止めなければと……力尽くでも……でもあなたは、本当に何も知らなかったようです。申し訳ない、いらぬことを吹き込みましたね」

玄関に転がしてあった靴ベラを使い、さきほど揃えていた靴を履くと、紀彦は笹に振り返った。

「私は心から悲しく思っていますよ。娘のために。あの子はあなたのことを本当に好いていたようですから。あなたが私に似ていると、あの子がそう言ったと聞かされて、胸を引き裂かれる思いでした」

紀彦は出ていった。外から鍵がしめられ、足音が遠ざかった。

〈それぞれの夏休み〉

日本語学校が夏休みに入ったが、リエンは変わらず朝から学校に通っていた。むしろ今までより早く、八時には着くようにしている。

男四人とのルームシェアはなかなか過酷だった。もともと男性の体臭というものが苦手だったが、特に夏の暑いさかりは我慢ならない。昨年男三人に耐え切れたのは、ミーのひときわ甘い香りに包まれて眠れていたからかもしれない。

早朝のコンビニバイトを辞めてからも、リエンは早起きしてシャワーをあび、朝ごはんを詰め込んだらすぐに家を出て、学校で自習することにしている。午前中しっかり勉強できれば、午後は後ろめたさを感じずに出かけることもできる。

夏休みには夏期集中クラスというのがあり、いくつかの教室では授業が行われていたが、リエンたちのクラスの教室はこの時期空っぽになり、独り占めすることができた。

しかしこの日は珍しく、クラスメイトが顔を出した。ダオだった。リエンは旅行に誘ってもらいながら、結局返事をうやむやにしたまま夏休みに突入してしまっていたことを思い出した。近づいてくるダオを、気まずい笑みで迎える。

ダオはしかし、まるで気にしていないようだった。旅行に出かけるのかと聞けば、夏はどこも混んでいるから駄目だ、と知ったようなことを言った。ダオは二年目に入ってから自分の日本語力が上がっていないことを自覚し、危機感を持ち始めたらしい。

一緒に勉強しようよ、と言われて、嫌な気はしなかった。ダオと共通の話題があるだろうかとも思ったが、おしゃべりでなく勉強しに来るのだから、それを気に病む必要はないだろう。

ダオは夏休みの勉強仲間ができたことをひどく喜んでくれた。そしてすぐには教科書を広げず、最近のベトナムのニュースや日本のベトナムコミュニティについて教えてくれた。リエンが知らないことばかりで、ダオの情報網には驚かされるばかりだった。

そういえば、と昨日捕まった窃盗団の数人がベトナム人であったことを憤慨して写真を見せてくれた。外国に暮らしている者は、その国で自国のイメージが悪くなることを常に恐れるものだ。

リエンはダオの携帯を奪い取るようにして、その写真をズームした。目が落ちくぼみ、やつれていたが、ミーだった。作為的だと抗議したくなるほどの悪相で、その変貌ぶりは魔法のようだった。

ダオから心配そうに、知り合い？　と尋ねられたが、自分にも説明できない冷静さで、知り合いに似てただけ、と返していた。

ダオに昼ごはんに誘われたが、今日は約束があるからと別れる。良子の家に呼ばれていたのだ。遊びに行くのは二度目のことで、コンビニからはもちろん、リエンのシェアルームからもかなり近い。今まで近所で顔を合わせなかったのが不思議なくらいだった。

「お疲れさま。勉強はかどった？」

良子が冷たい麦茶を出してくれる。喉が渇いていたリエンは一気に飲み干し、正確な文法を意識しながらゆっくり話す。良子はそれに相槌を打ちつつ、昼食をテーブルに並べていった。

そうめんに生姜、大葉、胡麻の薬味を添え、半熟のゆで卵をトッピングしてくれる。サラダは今朝コンビニからもらってきたようだが、キュウリが加えられ、きれいに器に盛られると立派な一品だ。

食後にはあんぱんをトースターで焼いて、半分こして食べる。中にマーガリンを塗り足すのはどうかと思ったが、イケた。

「疲れてるんじゃない？　少し横になる？」

リエンは一度は断ったが、良子の勧めに従って少し昼寝をすることにした。部屋はあまりに整っていてホテルのようだった。きちんとメイキングされたベッドに横になると、ほのかな寂しさがあった。

「一緒に寝ましょう」

リエンは当然のことかと思ったが、良子はこの誘いにビックリしたようだった。変なことを言っただろうか。じゃあ二十分だけね、と良子もリエンの隣に寝そべる。

良子は仰臥《ぎょうが》して腹の上で手を組み、目を閉じた。瞑想する人のようだとリエンは思った。リエンはいつものように横向きになり、良子の寝顔を密かに観察する。薄いそばかすに気付いた。だがいつしか、うつらうつらと瞼《まぶた》が落ちていった。

　リエンは甘い香りをかいだ気がした。だがミーのむせ返るような甘さとも違う。リエンが半分眠りながら目を開くと、良子のまなじりから涙の一滴が流れ落ちたようにも見えた。それを目にしたリエンにもまた、哀しみが打ち寄せてきた。

　人は変わってしまうのだろうか。ミーが事件に巻き込まれないよう祈っていたが、事件を起こすほうになるとは思いもしなかった。

　短い時間でも、少し寝て身体が軽くなったようだった。リエンは良子の涙の理由を聞きたくて口を開いたが、自分が寝ぼけていただけではないか、失礼ではないかと考えると言葉を継げなかった。

　咄嗟に、自分でも思いもしなかったことを口にしていた。彼に会いたいのだが、なかなか会えないので寂しい、と。なぜこんなくだらないことを言ってしまったのかとリエンは恥じたが、良子は真剣に受け止めてくれていた。噛みしめるように言った。

「会えばいいんだよ。会えるうちに。私は素直になれなかったけど、リエンちゃんには、そうあってほしいな」

　予告なしに拓真の家に行くのはタブーとしてきた。だから電話をかけた。アパートの前で。断られたとしても「一目だけでいい」と我儘《わがまま》を言うつもりで、気合を入れて電話をした。

「いいけど、夜いないよ」

電話を切るとリエンはすぐさま駆けていき、チャイムを鳴らした。いつもより長い間があって、がちゃりと扉がひらかれた。

「なんだよ、もう来てたんじゃん」

苦笑されたが、あっさり拓真は家に入れてくれた。拓真はギターの練習をしていたようだった。アンプは定位置から動かされ、ヘッドホンがベッドに投げ出されていた。

「で？　なに突然。なんかあったの」

ミーのことを話そうかと思った。だが、もう少し時間がほしかった。良子のことを話そうかと思った。だが、今でなくてもいい。

「ないです」

扇風機がまわっている部屋でも、拓真の体臭が感じられた。そういえば、リエンは拓真の匂いだけは特別で気にならないのだった。

リエンは拓真に抱きついた。拓真はリエンを抱きしめ返した。

リエンは拓真の腕の蓮にそっと口づけた。拓真はリエンのおでこにキスした。

二人はもつれあって、ベッドに倒れこんだ。


「今日泊まってくの？」

拓真は現場用の服に着替えながら、言った。夜は拓真がいない。拓真が仕事に向かう時、リエンも一緒に家を出る気でいた。

「気付いたんだけど、俺んちで寝ればいいんじゃない」

拓真のベッドを使わせてもらえれば、リエンはゆっくり眠れて助かる。男四人とひしめき合って寝るのとは雲泥の差だ。

「じゃあ俺とルームシェアする？」

今日までに拓真は、一緒に暮らそう、という意味の発言をしたことも、ほのめかすことも一切なかった。あまりに不意打ちすぎて、リエンは即答できなかった。

とりあえず、はい、と鍵を渡される。

「鍵、いっこなくしちゃってこれしかないから気を付けて。明日の朝、俺が帰ってきたらちゃんと入れてね」

リエンは、ここにいていいのだろうか。気分屋の拓真が変わってしまうことはないのだろうか。いや、あるだろう。

——私は素直になれなかったけど、リエンちゃんには、そうあってほしいな。

それでもリエンは、拓真の今を信じたい、と思った。

「いってらっしゃい」

リエンはもう一緒に暮らし始めたかのような錯覚に陥り、戦いに出る戦士を励ますように、拓真の美しい上腕二頭筋をさすった。

拓真はニヤッとして、力こぶを作ってみせた。

「任せとけって。日本作ってんの、俺らだからね」

＊

水曜ノー残業デー。定時の十八時に仕事を終え、今夜から紗央の短い夏休みが始まる。木金と月曜に休みの申請をした。

夜行バスで出かけ、父のアパートに二泊、ちょっと良い宿に一泊する。父に会いに行くと決めたところ、母も付いてくると宣言し、完全に家族旅行になってしまった。

だが父といきなり向かい合うより、母がいてくれたほうが自然に話せるかもしれない。紗央は少しホッとしている自分に気付く。

旅行といっても大した準備は必要ない。母は父のために、シャツや下着、食器から入浴剤までスーツケースに詰めていたが、紗央はリュックに衣類や化粧道具を詰め、ショルダーバッグに貴重品類をまとめれば充分だった。もうその支度もできている。

だがせっかくのまとまった時間に、読んでおきたい本や雑誌が何冊かあった。帰りに一駅先まで乗って、ショッピングセンターのなかの本屋に行く。あの男のことを思い出してわずかに緊張したが、それらしい人物がいないことに安堵し、じっくりと吟味したうえで二冊だけ購入した。

紗央の小説も、構想は固まってきていた。「惑星難民X」を主人公に「平均」とはなにかを描こうと思っている。

平均の幸せ、平均の仕事、平均の恋、平均の失敗——

それは、他ならぬ自分を掘り起こす作業になるとわかっていた。

ショッピングセンターを出かけて、宝くじののぼりが目に入った。景気のいい赤と黄のカラフルな旗に、紗央はこの夏の運試しに、久しぶりにスクラッチでも買ってみようか、という気になった。

売り場を見ると、窓口の女性とばっちり目が合った。女性は慌てたように目をそらす。紗央は怪訝に思いながらゆっくりと近づいた。

——誰だっけ？

どこかで見た顔のようだ。いらっしゃいませ、と少しおどおどした様子で言われたが、接客ぶりは丁寧で感じの良い女性だった。

紗央がスクラッチを頼むと、女性はその束を扇形に広げて好きな一枚を選ばせてくれた。

「すみません、あの、どこかでお会いしているでしょうか？」

紗央は二百円を渡しながら、思い切って聞いた。女性はややあってから、不確かそうな声を出した。

「隣駅のコンビニ、でしょうか」

紗央は、ああ！　と声を出していた。そうだ、この前切手を買った時にもいた、ベテランのコンビニ店員さんではないか。

「そうですね。ああ、わかりました。よく通ります」

「はい、いつもありがとうございます」

紗央が女性の付けている名札に目を走らせると「柏木」とあった。女性はなにか思案するように、何度も瞬きをして長い睫毛をぱさぱささせていたが、思い切った表情で切り出した。

「あの、もしかして、なんですけど、社員証を落とされました？」

紗央は信じられない気持ちで、ほとんどのけぞった。

「コンビニの近くに落ちてたんです、それで、きっとお客様の落とし物だろうと思っていたものですから。警察に届けるタイミングが少し遅くなってしまって、申し訳なかったと気になっていて……その、社員証にお写真がありましたから、今、もしやと思って、ピンときたものですから……」

女性の声はだんだんと弱気に、消え入りそうになった。

――この人が拾ってくれたのか！

ひどく恐縮しているような女性に、紗央は深々と礼をする。

「その節はありがとうございました。本当に助かりました。すみません、お礼もなにもしていなくて」

「いえっ、そんなつもりじゃ――」

激しくかぶりを振る女性に、紗央は手元にある購入したばかりのスクラッチを差し出した。

「これ、今あの、持ち合わせがなくて。気持ちばかりというか」

「そんな、受け取れません。お気になさらないでください」

「いや、外れだとは思うんですけど」

くじを売ってくれた人に対してこの台詞は失礼だったか、と紗央は内心ヒヤッとしたが、窓口の穴からスクラッチをすべりこませるように差し入れた。

「本当に、ありがとうございました」

女性の言葉は待たず、紗央は逃げるように売り場を後にした。

外に出て、歩をゆるめても、まだ心臓が高鳴っていた。世界は小さい。どこでどう人が繋がるか、わかったものではない。

平均の人生とは、実にドラマティックなものだと紗央は思う。

＊

良子に夏休みは必要なかった。日常のリズムを狂わせるのは、もう懲り懲りだった。

宝くじ売り場の仕事を終え、食品売り場で値引き品を見繕う。ハマチの柵が半額になっていたが、ひとりでは食べきれそうにない。残りを漬けにしても炙ってもいいが、自分のためだけに刺身を買うのはもったいないという気持ちがあった。結局、同じ半額でもブリの切り身を買う。塩焼きにしてレモンをしぼって頂こう。

自転車の籠に、一人分の食材をちんまりと乗せて帰る。今日は今年に入って最も暑い一日だったという。良子はゆったりとペダルを踏む。待っている人がいるわけでもない。急ぐ必要はない。

信号待ちで止まると、良子はパンツのポケットに手をやった。服の上からも、硬い紙の手触りを感じる。先ほど、ほぼ押し付けられる形でもらってしまったスクラッチくじを入れていた。

社員証を落とした切手の女性と、宝くじ売り場で再会するとは想像だにしなかった。だがコンビニより、言葉を交わす時間があった。ここで言わねばチャンスはないと、良子は決死の覚悟で社員証のことを伝えた。ぎらりと見開いた目の迫力に、良子は若干ひるんだが、想像していた通りのしっかりした女性だった。ハキハキした物言いで、敬語もきちんとしていた。芯のある声をしていた。

信号が青になる。良子は再び漕ぎだした。彼女とようやく言葉を交わせた幸せが、実感を伴って胸のなかを満たし始めた。

帰宅後、食事を取りながら麻美のメッセージに返信した。両親にとって初の北海道旅行を来週に控え、見どころやご当地グルメを教えてほしいということだった。良子も高校の修学旅行以来、一度も行っておらず知識はないが、いくつか調べておいたのだった。

惑星難民X疑惑で、紀彦の顔は一躍全国に知れ渡ってしまった。だが、インパクトのありすぎる生中継後、紀彦は真っ白だった髪を黒く染め、オシャレな眼鏡に買い替え、服装まで一変した。まるで別人で、良子ですら一瞬、誰だろうと目を疑ったほどだ。

報道が過熱していた頃、良子は記者に追いかけられるのが怖くて家から出られなくなってしまったが、紀彦と麻美がテレビで訴えてくれたおかげで急速に落ち着いた。しかしその中継中に、自分は紀彦と血が繋がっていないということを知らされたのだった。

母の絶叫をテレビで聞いたとき、驚きを通り越し、ぽかんとしたものだ。おかしなものだが、あまりショックはなかった。自分の父親がろくでもない男だったと聞いて、むしろ納得できた。

　理不尽な追及にも怒らず、決して偉ぶらない。毅然とした態度で家族を守ろうとするこの人が、自分の父親になってくれて良かった。良子はテレビの前で涙をぬぐいながら、報道陣にもみくちゃにされている紀彦を応援した。誇らしく、感謝しかなかった。

　その後、この騒ぎの発端となる記事を掲載した編集部側も記者会見を開いた。笹も神妙な顔をしてそこにいたが、良子の知らない名前を使っていた。「笹憲太郎」が偽名だったことにようやく思い至った。

　良子は骨の髄までこの男を恨み、呪ったはずだったが、初めて見るスーツ姿にときめくものを感じ、慌ててそれを打ち消した。

　会見の言葉はあまり入ってこなかった。なにか夢のようで、現実味がなかった。だが不祥事の会見でよく見る、九十度の最敬礼をされた瞬間、怒りと哀しみが唐突に沸点に達し、テレビを消した。

　くだらない。みっともない。馬鹿な男だ。

紀彦が良子のもとを突然訪ねてきたのは、その会見の数日後だったか。その時にはもう変装というより、変身していた。良子は笑ってしまった。こんなに若々しく生き生きとした父を初めて見た。

紀彦は食材を買ってきており、一緒に昼食を食べよう、と言う。良子も少しだけ手伝ったが、父の料理の手際の良さには脱帽だった。棒棒鶏《バンバンジー》に、クラゲのサラダ。溶き卵をふんわり浮かべた鶏団子のスープをすすりながら、母は幸せ者だ、と思わず笑みがこぼれた。

同時に、良子が笹を連れて帰った日、紀彦が手の込んだご馳走を用意して待っていてくれたことが思い出され、鼻の奥がツンとした。笹のことを謝ると、紀彦はいつもの微笑で言った。

「俺のことはいいんだよ。良子が、かわいそうだったね」

良子は、もう我慢できなかった。嗚咽《おえつ》した。大人になって、父の前で泣きじゃくるなんて。そうは思っても止められなかった。紀彦は良子の隣にやってきて、肩を抱いてくれた。紀彦の骨ばった手が、痩せているが節くれだった働き者の手が、良子を支えていた。泣きたいだけ泣いてよかった。

紀彦は今までもこれからも、良子の父であった。改めて確認すべきことはなにもなかった。良子はなぜわざわざ紀彦が、自分を訪ねて来てくれたのかわかった気がした。

夕食後の後片付けをしていると、着信があった。かなり長い着信だったが登録していない番号なので、放っておく。洗い物をしながらも気になって仕方ないが、わざと携帯を見ないようにして、両親の旅行に役立ちそうな情報を調べておこうとパソコンを開く。

また電話がかかってきた。

それはなんとなく、なじんだ模様のように覚えている番号だった。

「もしもし」

心を決めて、良子は電話に出た。全神経を耳に集中させた。相手は無言であったが、今にもなにか言いだしそうな気配があった。

「ケンさんですか」

「――いえ」

笹は、記者会見で聞いた名前を名乗った。それが笹の本名なのだろうと思うが、そうではないかもしれない。わからない。

「許してくれとは言いません。戻れるとも思っていません。でも、最後に一度だけ、会ってもらえないでしょうか」

良子の耳に、それはプライドをかなぐり捨て、心底から振り絞った、苦しい切実な声として響いた。

彼に会いたいだろうか。わからない。

手に冷たい汗をかいていた。呼吸を整えながら、良子は手のひらを太腿にこすりつけた。硬い手触りがあった。良子はポケットからスクラッチを取り出し、机に置いた。

「今ここに、スクラッチがあるんです。これが当たったら、お会いします」

良子は携帯をスピーカーの設定にして、机に置いた。財布から百円玉を取り出すと、スクラッチの銀色をこすり始めた。

「外れたら、もう会うことはありません」

ゆっくり、慎重に削っていく。シュアッ、シュアッという音が部屋に響き、おそらく笹の耳にも届いていた。

良子は宝くじ売り場に笹がやってきた日の、あの笑顔を思い出していた。

当たってほしいのか、外れてほしいのか。

どちらであってほしいのか、自分でもわからない。

〈エピローグ：とある星のとある歴史〉

それは透明な綿帽子のようなものだった。広原に舞い降りると、あるものは赤い雛《ひな》罌粟《げし》に、あるものは白い紋白蝶に、あるものは灰色の野ウサギになり、仲間と同じように、その一生を終えた。

それは透明なプランクトンのようなものだった。海を漂い、あるものは微小な蝦《えび》に、あるものはきらめく回遊魚に、あるものは何メートルも潮を噴き上げるクジラになって、その一生を終えた。

それは透明な惑星生物Xだった。初めて地球のとある街に降り立ったのは一九××年だった。

当時はXの小さな母星の歴史上で「第二次大戦」と呼ばれる内紛が起きていた。もともとおとなしい性質のXだが、時に突然変異的に生まれる凶暴な個体があり、それが更に悪賢く徒党を組んだ結果、過去にも「第一次大戦」が起きていた。そのとき多数の犠牲者が出た反省から、富裕層は宇宙に逃げるためのスペースシャトルを共同所有していた。

Xたちは万一の時に備え、既にいくつかの移住候補惑星を定めていた。そのなかで最も適応しやすそうだと人気の移住先が地球だった。この星で一番大きな力を持っている人間たちの世界では、身分証明書さえ用意できれば社会に溶け込むことはたやすい。

時に予期せずスキャンした人間にその姿を見られてしまうこともあったが、そのかわいそうな人間たちはXたちのことを「ドッペルゲンガー」と呼び「もう一人の自分」と恐れるようになった。都市伝説として定着したことはXにとって好都合だった。

同時にXは、人間は自分たちと異なる存在を忌み嫌うということも学び、地球外生命体であるとバレることを極度に恐れた。人間の歴史を学べば学ぶほど、たとえヒト形となったところで惑星人たちは駆逐される運命にあるとわかったからである。平和に生きていくために命がけで宇宙を渡ってきたXたちが、できるだけ目立たずに、静かに暮らしていく道を選んだのは自然なことだった。

　Xは一度スキャン能力を使用してしまうと元の身体には戻れない。人間として生きていくほかない者たちは、人間と恋をし、子を生した。最愛の人であっても、家族であっても、絶対に正体は打ち明けられなかった。

　しかしXのなかには例外もいた。社会にうまく溶け込めず裏社会に染まり「おまえが宇宙人であると家族にバラす」と恐喝し、Xから金を巻き上げるXが現れたのである。死んでも守らねばならない秘密を突き付けられ、無力なXは従うしかなかった。

　このような強請《ゆす》りが頻繁に起こるようになると、Xたちのなかで自警団が組織された。大半は人間として新たな生活を送ることが最優先で、仲間のXとの関係を絶とうとしたが、強い精神力を持つ者同士はテレパシーが使えた。どこの国でなにをしているかはわからないが、彼らが問題あるXを処罰した。交通事故や心臓麻痺など、ごく自然な形で裏切り者は消えていった。死んだ者たちの繋がりに、人間社会が気付けるわけはなかった。自警団Xはヤクザよりもマフィアよりも強い絆で、淡々と制裁を行った。

　時が流れ、徐々に地球上から純粋なXは人間同様に寿命を迎えて消えていったが、Xの子供も孫も、自分たちが受け継いでいる血や能力を知らないままに生きた。誰知らず、それは密かに人間と交じり合いながら受け継がれていた。

　そして二〇××年。一度は平和を取り戻したはずのXの母星で「第三次大戦」が勃発した。貧富の格差が広がり、シャトルを持つXはごく限られていたが、火星でも月でもなくすぐさま地球を目指した。先祖がその星で生きることに成功したと語り継がれていたのだ。

　この第二世代の惑星難民Xのなかには、一九××年の第一世代Xとは異なり、社会的権力のあるポストに就こうと奔走する者もいた。内紛が長引くことを見越して、地球上にXを迎え入れる基盤を秘密裏に整えておく必要があると考えたのである。

　そして少しずつ、だが確実にXを地球に迎え入れた。ひとつ想定外だったのは、人類がこの百数十年でみせた進化だった。Xは宇宙空間を移動中に、人間に見つかってしまったのである。

　既にXが地球に生息していると知れば、人間たちがパニックになることは必至。母星と同様、またはそれ以上に悲惨な戦争が起きかねない。見つけられたXは地球人と初めて接触したかのごとく振るまい、人間たちに母星の悲劇を伝えると、丁寧に頼んだ。自分たちを難民として受け入れてくれるようにと。

　既に地球上で人間として生活を始めているXたちは、移住した年齢によって、母星の記憶を色濃く残している者と、そうでない者とが三対一ほどの割合だった。Xとして自覚を持つ前者は、合法的に惑星人が惑星難民Xとして地球に迎え入れられることを切に祈った。人間社会で地位のあるXは、それを実現させるために政治家を後押しするなど、あらゆる手段を惜しみなく講じた。

X同士の諍《いさか》いこそ起こったが、Xたちが人間に危害を加えたことはただの一度もない。それは不思議なほどに確固たる事実だった。スキャン能力の完璧さゆえに、その制御装置として、別の種を脅かすことがないように本能的にプログラムされていたのかもしれない。

人間を傷つけるのはいつの世も人間であり、Xが望むのは平和だけだった。

今日もXは仕事に向かい、隣人と挨拶を交わす。

熊澤尚人監督インタビュー

本書を原作に製作された映画『隣人X-疑惑の彼女-』（二〇二三年十二月一日公開）の熊澤尚人監督に映画化に至った経緯などを語っていただいた。

――本作を映画化されたきっかけは何でしたか。

熊澤　二〇二〇年の年末、僕が映画の原作にできるものを探していたときに、プロデューサーの小笠原《おがさわら》さんから「面白い本があるので読んでみませんか」と言われて渡されました。読んでみると、あまりないタイプの小説で、「異色」という売り出し方をされていたと思いますが、たしかに面白かった。小笠原さんは「映画化は難しいかもしれませんが」とも言っていて、僕もまずそう思いました。

でも、入り口はSFなんだけれども、小説で書かれているのは三人の等身大の女性、それもどちらかというと社会の弱いところで切実に生きている女性の日常ですよね。それと併行して他者に対する違和感だったり、見えない偏見のようなテーマが語られていたりして、そのバランスが珍しいし、テーマへのまなざしが素晴らしいなという感想を持ちました。それで、このテーマを軸に映画にする方法はないだろうかというのを一人ですごく考えて、「こうしたらできるんじゃないですか」と小笠原さんに具体的な話をしました。

――監督もプロデューサーも映画化は難しいとまず思ったのはなぜでしょうか。

熊澤　SFを映像化しようとすると通常は大きな予算が必要なので、ハリウッドみたいに大金を使えるわけではない今の日本の映画界では難しいんです。それからやはり最近の日本ではという意味ですが群像劇も、ドラマや小説にはあっても映画では興行的、宣伝的に敬遠されることが多いんです。

ただ、この作品はリアリティのある三人の女性たちのつながりがいい意味でさりげなくて、とにかくテーマに惹《ひ》かれてしまった僕としては、なんとか映画にしたいと思いました。それで、簡単に言うと、三人の女性のうちの柏木良子と笹憲太郎の話を軸にして、週刊誌記者の笹の視点で物語を構築しなおせば、笹が良子はXかもと疑って追う話に変更すれば、映画化できると提案したんです。原作では良子がXではないかと疑われているわけではありませんが、プロデューサーは「目からうろこですよ。それはいいですね」と言ってくれて企画がスタートしました。

――熊澤監督はご自分で脚本を書かれることが多いですし本作もそうですが、そこは最初から決まっていたのですか。

熊澤　アイデアを出したのが僕なので、じゃあその人がそのままやるのがいいでしょうということだったと思います。良子と笹を中心にすることで群像劇の難しさを払拭できるだろうと。とはいえ、原作では良子は四十五歳ですが、その年齢ではまた別の難しさが出てきてしまうかなと。見えない偏見というテーマと照らし合わせたときに、三十代半ばというのが考えられると思いました。現代の女性の年齢のひとつの節目ですし、三十代半ばはすごく誤解を受けやすかったり、よりフィルターがかかった状態で見られがちな年齢じゃないかと。

――決定稿に至るまでにどれぐらい手を入れられたのでしょう。

熊澤　記憶は曖昧ですが、二十回以上は書き直しました。最初のころはSF的な要素、見えない偏見の要素、ラブストーリーの要素、群像劇の要素、これらのバランスについて、色々な意見が出ました。恋愛の部分を強めたり、SFの部分をより外したりと二転三転しました。でも、僕の中では見えない偏見というテーマについては揺らぎがなかった。ちょうど新型コロナウイルス感染症への社会の対応が続いている時期で、隣にいる、近くにいる違和感を与える人に対してみんながすごく敏感になっていたでしょう。ブラック・ライブズ・マターのような人種差別の問題とは違って、見た目は変わらないけど何かのフィルターをかけて他人を見てしまう行為が現代では重要な問題になっているなと感じていて、パリュスさんが原作で書かれたのはそういう話ですし。ですからその部分、心臓部は変えずに、映画の脚本というまったく別のメディア用に作り上げるのは大変でした。決定稿までに結局二年近くかかりました。

――パリュスさんにコンタクトをとられたのはどの時点ですか。

熊澤　最初にこういう切り口で脚色したいというプロットを書いたときに、講談社さんを通して見ていただきました。確かわりとすぐにご快諾をいただけて、その後も脚本を第一稿から何度かお見せしました。さきほどお話ししたように、初期は脚本のたびにけっこう内容が変わっているので、「良子を主人公にしたいとのことでしたが、今回いただいた脚本よりもっと主人公にされるのですか？」なんてご質問をいただいたりもしましたね。

そういうやりとりをメールで続けて、内容が固まったところで一度オンラインでお話しさせていただきました。原作を脚色するというのはとてもセンシティブなことですし、原作者の方とやりとりをしても話がなかなか嚙み合わないような場合もあるのですが、パリュスさんには最初からすごく理解していただけました。ご自身でも映画の脚本を書いておられますし、「小説と双子のような映画ではなく、熊澤監督の『隣人X』にしてほしい。それを観たいです」と言ってくださってとても嬉しかったです。

――直接会われたのはいつですか。

熊澤　撮影が終わった後の昨年秋です。パリュスさんはフランスにお住まいですから、帰国されたタイミングでお食事しました。でも実は以前にフランスでもお目にかかっていたんです。二〇一八年に僕の『ユリゴコロ』という映画がパリの映画祭（編集部注・フランスに現代日本映画を普及するキノタヨ映画祭）で上映されたときにゲストで呼んでいただいたのですが、その映画祭のお手伝いをパリュスさんがしておられて、ご挨拶していました。パリュスさんはまだ小説家デビューする前で、申し訳ないことに言われるまで僕は思い出せなかったのですが（笑）。

――撮影はいかがでしたか。

熊澤　昨年十月にまず講談社さんの社屋で丸二日間撮影し、そのあとは滋賀県に移動して最後まで撮りました。講談社さんでは文芸の編集部の部屋をお借りしたんですが、実際に仕事の場として生きている場所を使わせていただけたのは大変ありがたかったです。ただ、文芸の部屋を週刊誌の編集部に作り替えなきゃいけない。実際に講談社さんの週刊現代とＦＲＩＤＡＹの編集部も見学させていただいて、あくまでも内部資料ということで写真を撮らせていただき、助監督や美術チームと検討して、映画用の週刊誌の編集部を作り上げました。講談社さんにそこまでご協力いただけたことで、ちゃんとした出版社の売れている週刊誌なんだというリアリティが出せたと思います。

そういう大きな出版社があるのはやはり東京なので、滋賀では良子と笹の生活圏に東京近郊の感じを出さなきゃいけないのが大変でした。でも、滋賀の人たちはとても映画愛にあふれていて、エキストラもたくさん集まってくれましたし、東京では借りられないような場所を貸してくれたりもしました。東京では消えつつある味のある商店街とか、海の場面を琵琶湖で撮ったりしましたね。終電が出たあと駅の電気が突然消えるシーンは東京では絶対に撮れないでしょうけど、「しょうがないなあ、一回だけですよ」と言って撮影させてくれましたし。

――上野樹里さんと林遣都さんのご出演はどのように決まったのですか。

熊澤　僕は二人とはそれぞれ前に仕事をしている（編集部注・上野さんとは'06年の『虹の女神 Rainbow Song』、林さんとは'08年の『ダイブ!!』）のですが、まず上野さんはさきほどお話ししたようにまだ内容がかなり揺れている段階でしたけど、第一稿を書いている時点で既に良子を三十代半ばにするのがいいと考えていたので、上野さんが良いと思っていたんです。だから彼女の所属事務所には第二稿から渡しました。そうしたら上野さん本人から僕に電話がかかってきて、「読みました。面白かったです！」と。そのときしばらく話したんですが、すごく乗ってくれていたので嬉しかったです。その後も脚本を進めながらやりとりを続けました。

笹のキャスティングは良子が決まってからということだったので、少しあとになりましたけど、笹の設定は、決して格好よくはないですし難しい役だと思っていました。人間の弱い部分を脚本以上に出さなきゃいけなくて、格好いい役をやりたがる俳優にはできないんです。林さんはもちろん格好いいのですが、最初に人間の弱い部分の演出の話をすると、「なるほど、わかります」とすぐに理解してくれました。『ダイブ!!』のとき、彼はまだ高校生で、僕に凄く厳しく演技指導された記憶があったようです。『ダイブ!!』は高校生の仲間が沢山共演する物語で、宿泊しながらの撮影のために、彼らは毎日が修学旅行気分になりがちで、それでより厳しかったんだと思うのですが（笑）。彼はそのときのことを払拭したかったのと、当時僕が彼に言った「役を自分に引き寄せる」ということが最近わかってきたので、このタイミングでもう一度僕とやってみたいと思ってくれたようです。僕は彼のその後の作品もずっと観ていましたし、ときどきは会うこともあったので、凄い成長ぶりを知っていましたから、今回は難役ゆえにどうしても彼にお願いしたかったのです。

――日本での難民認定や入管法の問題についてどうお考えですか。

熊澤　この原作に出会うより前なんですが、愛する日本人と生きるために不法滞在の形でしか日本に残れなくなった台湾の人の実話を企画として考えていたことがありました。日本人は外国から来た人に対して違う目で見てしまったり、そうした問題を忘れがちだったりして、たとえば二〇二一年に名古屋の入管施設収容中にお亡くなりになったウィシュマさんの問題にしてもどこか他人事《ひとごと》というか、そういうのはやっぱりおかしいと思います。その台湾の人の企画は実現できていないのですが、だからこそこの『隣人X』により入れ込めたんじゃないでしょうか。

『隣人X』はそういう社会問題に、ダイレクトではなくて違うアプローチで向き合っていて、もっと日常の目線から、でも外から来た人に寄り添う形で書かれていて、パリュスさんはそこをよくよく考えられているなと思いましたし、映画でもそこは踏襲しました。

映画では記者の笹が、日本にいるXを探し始めるところから物語が始まりますが、「Xは誰か？」と思った瞬間に、私たちの心の中には、Xに対する偏見の芽が生まれます。この偏見の芽と、あなたならどう向き合うか？　この映画を観て考えてみていただければと思います。それが、僕がこの映画を通じてやりたかったことなのです。

僕は常々、今の時代に生きている自分たちが、立ち止まって考えることができる、また考えさせられる、社会につながっているテーマで作品を作りたいと思っていて、映画のジャンルに関してはサスペンスでも青春ものでもラブストーリーでもいいんです。いずれにしても、今の自分たちが考えるべき題材や要素を含んでいるということが重要で、そうでないと作品を観てくれたお客さんにも楽しんでもらえないだろうと考えています。

（二〇二三年八月二十一日）

愛した人の
本当の姿を、
あなたは知っていますか？
隣人X
疑惑の彼女
上野樹里　林遣都
12.1 FRI
人間の姿をして日常に紛れ込んだ惑星難民Xとは、何者なのか
不安と動揺が広がる中、記者はある女性の追跡を始める——

本書は第14回小説現代長編新人賞受賞作品（応募時タイトル『惑星難民X』）を加筆修正したものです。

初出／「小説現代」二〇二〇年五月号
単行本／二〇二〇年八月　講談社刊

|著者|パリュスあや子　1985年、神奈川県生まれ、フランス在住。広告代理店勤務を経て、東京藝術大学大学院映像研究科・脚本領域に進学。「山口文子」名義で2015年に歌集『その言葉は減価償却されました』を上梓、映画『ずぶぬれて犬ころ』（2019年／本田孝義監督）脚本担当。2019年、本作（受賞時は「惑星難民Ｘ」）で第14回小説現代長編新人賞を受賞しデビュー。自身にとって初の映像化作品となる。他の著作に『燃える息』、『パリと本屋さん』（2023年11月刊行予定）がある。

隣人Ｘ《りんじんエックス》

パリュスあや子《こ》

2023年10月13日第1刷発行

発行者――髙橋明男
発行所――株式会社　講談社
東京都文京区音羽2-12-21　〒112-8001
電話　出版（03）5395-3510
販売（03）5395-5817
業務（03）5395-3615

Printed in Japan

講談社文庫
定価はカバーに
表示してあります

KODANSHA

デザイン―菊地信義
本文データ制作―講談社デジタル製作
印刷―――TOPPAN株式会社
製本―――株式会社国宝社

ISBN978-4-06-533384-6

講談社文庫刊行の辞

二十一世紀の到来を目睫に望みながら、われわれはいま、人類史上かつて例を見ない巨大な転換期をむかえようとしている。

世界も、日本も、激動の予兆に対する期待とおののきを内に蔵して、未知の時代に歩み入ろうとしている。このときにあたり、創業の人野間清治の「ナショナル・エデュケイター」への志を現代に甦らせようと意図して、われわれはここに古今の文芸作品はいうまでもなく、ひろく人文・社会・自然の諸科学から東西の名著を網羅する、新しい綜合文庫の発刊を決意した。

激動の転換期はまた断絶の時代である。われわれは戦後二十五年間の出版文化のありかたへの深い反省をこめて、この断絶の時代にあえて人間的な持続を求めようとする。いたずらに浮薄な商業主義のあだ花を追い求めることなく、長期にわたって良書に生命をあたえようとつとめるところにしか、今後の出版文化の真の繁栄はあり得ないと信じるからである。

同時にわれわれはこの綜合文庫の刊行を通じて、人文・社会・自然の諸科学が、結局人間の学にほかならないことを立証しようと願っている。かつて知識とは、「汝自身を知る」ことにつきていた。現代社会の瑣末な情報の氾濫のなかから、力強い知識の源泉を掘り起し、技術文明のただなかに、生きた人間の姿を復活させること。それこそわれわれの切なる希求である。

われわれは権威に盲従せず、俗流に媚びることなく、渾然一体となって日本の「草の根」をかたちづくる若く新しい世代の人々に、心をこめてこの新しい綜合文庫をおくり届けたい。それは知識の泉であるとともに感受性のふるさとであり、もっとも有機的に組織され、社会に開かれた万人のための大学をめざしている。大方の支援と協力を衷心より切望してやまない。

一九七一年七月

野間省一